AF175653

Dietrich Schilling, Jahrgang 1945, hat nach seinem Germanistik-Studium fast 40 Jahre lang als Hörfunk-Redakteur beim NDR gearbeitet. Er ist verheiratet und lebt als freier Autor in Hamburg.

Gemeindefest

1. Auflage: Januar 2021
Copyright © 2021 Dietrich Schilling. Alle Rechte vorbehalten.
Herstellung und Verlag: BoD - Books on Demand, Norderstedt
Umschlaggestaltung, Satz und Layout: Christian Fillies
Titelbild-Illustration: Stephan Zörnig
Printed in Germany
ISBN: 9783752658811

Mehr auf: www.dietrichschilling.de

Dietrich Schilling

Gemeindefest

Roman

1

Lisa stutzte. Sie hatte ihn gefragt, aber Jan hatte nur zögernd geantwortet. ‚Wenn du meinst', hatte er gesagt. Dann hatte er sich ihr zugewandt und sie, auf den Ellbogen gestützt, angeschaut.

Lisa lag auf dem Rücken und starrte hinauf zur Zimmerdecke. Sie spürte seinen Blick; ihn zu erwidern, war sie aber nicht bereit. Irgendetwas hielt sie zurück.

So lagen sie eine ganze Weile, beide schweigend, beide abwartend. Es war spät. Aus der Fontaneallee drangen nur noch wenige Geräusche hinauf in den zweiten Stock, ins halb dunkle Zimmer. Ein Auto fuhr vorbei. Ein paar Menschen, die sich unterhielten, zogen vorüber. Sonst nichts. Das CAFÈ gegenüber hatte längst geschlossen.

Der Geruch war noch da. Er war schwächer geworden mit den Wochen, doch es riecht noch immer nach Farbe, dachte sie. Gut, dass sie für den kleinen Flur nicht den hellen Teppichboden ausgesucht hatte; die Wände waren weiß genug. Aber die Frage nach einer passenden Garderobe war noch nicht gelöst. Am einfachsten wäre es vielleicht, ein hübsches Tuch aufzuhängen und darüber nur ein paar passende Haken in die Wand zu schrauben.

Unter der Decke suchte Jans Hand nach ihrer und strich dann langsam, denn er war sich seiner Sache nicht sicher, den Arm hinauf. Hielt inne über der Mulde ihres Ellbogens, wobei die Fingerspitzen, während sie sich über die zarte Haut bewegten ohne sie wirklich zu berühren, immer dieselbe Frage zu stellen schienen.

So verging eine lange Minute.

„Ich möchte nicht", sagte Lisa schließlich und guckte ihn, Verständnis suchend, an.

Sofort zog Jan seine Hand zurück.

„Nicht böse sein."

„Nein."

Lisa drehte sich auf die Seite, ihm zu. Legte ihre Hand für einen kurzen Moment besänftigend auf seinen Arm. Lächelte, wie um Verzeihung bittend, und zog sich die Decke über die Schulter. Zog die Beine an. Und dachte wieder, genau wie er, an das Gespräch, das sie am Nachmittag geführt hatten. „Bis dass der Tod euch scheidet", hatte die Pastorin gesagt, als sie über die Trauzeremonie gesprochen hatten. Und Lisa meinte, in Jans Augen ein Zurückweichen,

8

etwas wie Abwehr wahrgenommen zu haben.

„Dass sie uns gleich das Du angeboten hat ..." Sie schien diesen Augenblick noch einmal nachzuerleben.

„Ja, das ist komisch."

„Nein, komisch finde ich das nicht. Sie ist so, glaube ich. Sie sucht Nähe."

„Aber sie kennt uns doch gar nicht. Ich jedenfalls habe zum ersten Mal mit ihr gesprochen. Da bleibt man doch erst mal ein bisschen auf Distanz, findest du nicht?"

Das ist Jan, dachte Lisa. Immer so vorsichtig. Bevor er etwas von sich selbst preisgibt, will er zuerst wissen, wer der andere, der Mensch ihm gegenüber ist. Von Anfang an war es so. Als sie sich kennengelernt hatten, auf der Party einer Kommilitonin, war das ihr erster Eindruck von ihm. Zunächst war sie ein wenig auf Distanz gegangen. Aber dann hatte sie gemerkt, dass es keine Aufdringlichkeit war. Und je länger sie miteinander gesprochen hatten, desto wohler hatte sie sich gefühlt. Sie hatte sich nur gewundert, was er alles von ihr wissen wollte. Aber mit seiner Art zu fragen hatte er sie auf eine Weise berührt, wie sie es noch nie erlebt hatte. Er fragt wie ein guter Psychologe, hatte sie gedacht, aber nicht, um etwas hinter mir aufzuspüren. Er meint wirklich mich. Er will wissen, wer ich bin.

„Mir hat es gut getan", sagte Lisa. „Wir haben so viel von uns erzählt. So viel Persönliches. Du doch auch. Warum sollte sie uns nicht das Du anbieten?"

Jan schwieg. Selbst im Bett, mir so nah, ist er sich treu! Lisa gingen die vielen Momente durch den Kopf, in denen ihr seine Gradlinigkeit aufgefallen war. Seine unbeirrbare Besonnenheit. ‚Jan wird bestimmt Vorstand der Ärztekammer‘, hatte mal irgendjemand gesagt. Das sollte nicht mehr sein als eine kleine, neckische Bemerkung am Rande. Doch Lisa, die alles, auch das Nichtgesagte aufnahm, hatte mehr aus dieser Anspielung herausgehört. Zuerst, ja, die Anerkennung, aber dann auch die Ironie. Und heimlich teilte sie diese versteckte Einschätzung.

Weit wichtiger war ihr aber immer die Klarheit, mit der Jan sprach und handelte. Sie gab ihr Rückhalt, Schutz, Geborgenheit. Das hatte sie von Anfang an gespürt. Zwar hatte sie nicht nur einmal darüber nachgedacht, ob sie sich mit ihrer stillen Bewunderung nicht zu einem typischen Weibchen machte, aufblickend zu ihm, dem Mann. Doch sie konnte sich an keine Situation erinnern, in der er sie nicht ernst genommen hatte. Nie hatte sie einen Grund gesehen, seinen Respekt, seine Achtung in Zweifel zu ziehen.

„Das Duzen geht heute viel zu schnell. Vielleicht sorgt es tatsächlich für mehr Nähe. Aber man muss

10

sich doch überlegen, wen man duzt. Der Moment, in dem man sich einander nahe fühlt, kann schnell vorbei sein. Und später bereut man es vielleicht."

„Vielleicht. Aber es kann auch sehr befreiend sein."

Lisa richtete sich etwas auf, stützte sich auf den Ellbogen.

„Gerade in so einem Gespräch, wie wir es heute geführt haben." Sie griff nach seiner Hand. „Als du vor der Pastorin gesagt hast, dass du mich … dass Du mich liebst …"

Sie wich seinem Blick aus, weil sie einen Augenblick lang befürchtete, dass ihr nun, verspätet, doch noch die Tränen kämen. Jan gab den Druck, den ihre Hand ausübte, genauso innig zurück. „Wenn ich dich nicht liebte, würde ich dich ja nicht heiraten. Insofern …"

Als er den begonnenen Satz nicht weiter fortsetzte, sondern Lisa ein wenig verschämt anschaute, tippte sie ihm mit dem Zeigefinger auf die Nasenspitze. „Was: insofern? Sei doch nicht so … nicht so korrekt."

„Naja, insofern habe ich der Pastorin eigentlich nichts Neues oder Intimes verraten. Ich habe ja dich gemeint, nicht sie."

Lisa ließ sich wieder zurückfallen auf den Rücken. „Mir hat es jedenfalls gut getan, von uns zu erzählen. Du bist manchmal so schweigsam, Jan, so still. Und es war so wunderbar, wie du heute über mich geredet hast. Verstehst du das?"

„Ja."

„Wie du von deinem Besuch in meiner Klasse erzählt hast. Dass du gestaunt hast, wie liebevoll und zugleich fordernd ich mit den Kindern umgehe. Das hat mich gerührt."

„Ja ..."

Das Gespräch stockte. Beide hatten sie wieder die Momente des Traugesprächs vor sich. Und die Stimme von Heike Osterweil, der Pastorin, die sie behutsam nach ihrem bisherigen Leben gefragt hatte. Die sich so begeistert gezeigt hatte von ihrer Arbeit in der Gemeinde. Jan hatte vieles davon weggefiltert, wie er es nannte. Lisa dagegen hatte sich schnell anstecken lassen von der offensichtlichen Leidenschaft dieser Frau. Hatte sogar mit dem Gedanken gespielt, ob Heike eine Freundin für sie sein könnte. Obwohl sie fast 10 Jahre älter war und zwei Kinder hatte.

Erst vor drei Monaten war Lisa nach Hause zurückgekehrt. Ihr Studium war abgeschlossen, und sie hatte, ganz unerwartet, in ihrer Heimatstadt eine Stelle als Referendarin bekommen. Dass ihr auch noch diese wunderbare Wohnung in der Nähe ihrer Eltern fast in den Schoß gefallen war, damit hatte sie nicht rechnen können; sie wusste ja nicht, dass ihr Vater ein bisschen an diesem Glück ‚gedreht' hatte. Das Examen, die Referendarsstelle, drei Zimmer in dieser schönen Straße und bald die Hochzeit: manchmal ging ihr das alles zu schnell, zu glatt.

„Hast du es eigentlich ernst gemeint, als du so nebenbei erwähnt hast, dass dir meine Eltern gefallen?"

Jan zögerte. „Warum sollte ich das nicht ernst gemeint haben?"

„Weil mein Vater so gewissenhaft ist, so penibel. Weißt du doch. Als müsste er sich um alles kümmern und dürfte nicht davon ablassen, bis es geregelt ist. Er fühlt sich für alles verantwortlich. Und wenn andere nicht so sind wie er, fühlt er sich getroffen. Manchmal, wenn wir bei meinen Eltern sind, habe ich ein bisschen Angst, dass du etwas Falsches sagen könntest …"

„Was denn?"

„Ach Jan, du weißt doch, dass du manchmal ein bisschen direkt bist ..."

„Und dass dein Vater dann nichts mehr von mir halten könnte …"

„Nein, das nicht. Aber manchmal habe ich den Eindruck, dass du eine Situation zu schnell beurteilst. Du willst immer alles eindeutig geklärt haben und in Kästchen einteilen. Als ob du nie den Überblick verlieren wolltest. Wenn das nicht geht, bist du unzufrieden."

„Aber dein Vater ist doch genauso", warf er ein.

Lisa schaute ihn an. Und als er schließlich anhob sich genauer zu erklären, noch ohne eigentlich zu wissen, was er sagen sollte, fiel sie ihm ins Wort. ‚Wenn du meinst', hatte er gesagt! Und auf einmal wusste sie wieder, was ihr keine Ruhe gelassen hatte.

„Du", sie zog das ‚u' zärtlich in die Länge und stupste ihn noch einmal mit dem Zeigefinger auf die Nasenspitze. Jan wusste sofort, dass ihre Angewohnheit, die er so gern hatte, in diesem Fall eine Ungeduld anzeigte. „Sei ehrlich: warst du überrascht von dem Satz ‚Bis dass der Tod euch scheidet'"?

Obwohl Jan ahnte, dass ihr seine Antwort nicht gefallen würde, sagte er ohne zu zögern: „Ehrlich gesagt: ja!"

„Warum?"

Jan dachte lange nach, verwarf eine Antwort nach der anderen und meinte schließlich: „Weil wir doch heute noch gar nicht sagen können, wie sich alles entwickelt."

Mit einem Ruck richtete Lisa sich wieder auf und lehnte sich an die Rückwand des Bettes.

„Nein, das können wir nicht. Aber wir gehen doch nicht davon aus, dass wir uns irgendwann trennen.

14

Oder tust du das?"

„Nein, natürlich nicht. Aber wissen können wir es nicht."

„Das stimmt natürlich. Es macht mich aber traurig, überhaupt an die Möglichkeit zu denken."

„Lieschen!" Jan beeilte sich, die drohende, allzu große Ernsthaftigkeit aus ihrem Gespräch zu nehmen; die Verniedlichung ‚Lieschen' benutzte er nur in zärtlichen Momenten. Lisa ließ es zu, dass er zu ihr heranrückte und sich an sie schmiegte; das Gefühl, das er dabei empfand, übertrug sich auf sie.

„Willst du es denn nicht sagen?"

Er dachte darüber nach, was diese Formel ursprünglich zu bedeuten hatte, ‚Bis dass der Tod euch scheidet', aber mehr als eine ungefähre Ahnung kam ihm dabei nicht in den Kopf. Es musste aber, so glaubte er, damit zusammenhängen, dass die Frau an den Mann gebunden war. Ja: nur die Frau an den Mann, nicht er an sie. Das wollte er aber auf gar keinen Fall sagen.

„Ich muss darüber nachdenken", antwortete er. Und fügte nach einer Weile hinzu: „Eigentlich hat sie nur dich dabei angesehen. Sie hat meine Antwort ja gar nicht abgewartet."

„War das so? Hast du das vermisst?"

Die unterschwellige Enttäuschung, die aus der

scheinbar so nebenbei dahergesagten Bemerkung klang, kannte Lisa noch nicht. Sie passte nicht zu dem Bild, das sie von Jan hatte. Sie klang, als läge da doch ein winziger Schatten auf seiner Selbstsicherheit.

„Dir fällt das alles viel leichter, diese Art Gespräch. Du bist so offen, so unkompliziert. Das mag ich ja auch so an Dir, weil das etwas ist, das mir fehlt. Aber ...“

Lisa wartete nicht lange.

„Was ‚aber‘?“, fragte sie.

„Ich hatte das Gefühl, dass ihr beide miteinander gesprochen habt und ich so ... so eine Art drittes Rad am Wagen war.“

„Versteh ich nicht!“

„Naja, ihr habt euch sofort gut miteinander verstanden.“

„Fandest du sie denn nicht nett?“

„Doch, natürlich. Sie hat sich dann ja auch dafür interessiert, was ich beruflich mache und so; das war alles gut. Aber es war anders als bei dir. Als du von deinen Schülern erzählt hast, hat sie ganz anders zugehört. Sie wollte viel mehr wissen von dir. Sie hat nachgefragt. Bei mir war da so eine kleine Distanz. Anders kann ich es nicht sagen. Und dann…“

Jan unterbrach sich selbst. Das hatte Lisa selten erlebt.

„Dann …"

„Ja?"

Es war dunkel geworden im Zimmer; trotzdem meinte Lisa, in Jans Gesicht eine Anstrengung zu entdecken. Den Versuch, eine unsichtbare Hürde zu überwinden. Sie stupste ihn noch einmal auf die Nasenspitze.

„Sie hat so oft von Gott gesprochen!"

Damit hatte Lisa nicht gerechnet.

„Ich kann damit nicht soviel anfangen."

Ganz plötzlich wurde ihr bewusst, dass sie und Jan nie ernsthaft darüber geredet hatten, warum sie kirchlich heiraten wollten. Für sie war es immer selbstverständlich gewesen.

„Bei uns zu Hause hat Kirche kaum eine Rolle gespielt. Und wenn ich mal in einem Gottesdienst war, hatte ich jedes Mal das Gefühl, dass alles so verkrustet und leblos ist. Immer dieselben Formeln und Strukturen, als hätte man Angst vor Neuem. Oder davor, neu nachzudenken. Die Sprachlosigkeit untereinander. Predigten, bei denen ich mich behandelt fühlte wie ein Kind. Kein wirklicher Bezug zu unserem Alltag. Und dann, andererseits, die Liebe Gottes, die bei jeder Gelegenheit so heraufbeschworen wird, die man aber nicht wirklich spürt. Ich jedenfalls nicht. ,Gottes Liebe', darunter kann ich mir nicht viel vorstellen."

Jan suchte nach den richtigen Worten.

„Vielleicht ist es mir deshalb immer ein bisschen unangenehm, wenn in meinem Beisein das Wort Gott fällt. So als würde ich auf ein Defizit bei mir selbst gestoßen. Oder als würde an mein Gewissen appelliert."

Lisa spürte, dass sie Jan sehr ernst nehmen musste mit dem, was er da sagte. „Hast du denn gar keine Vorstellung von Gott?"

„Doch: alter, gütiger Mann mit grauen Haaren und Bart!"

Jan lachte, doch das Lachen klang gezwungen.

„Nein, so natürlich nicht", nahm er seine Ironie zurück, „ich hab mir noch nie ernsthafte Gedanken darüber gemacht. Und du?"

„Auf jeden Fall ist Gott für mich nicht als Person vorstellbar. Eher als eine Idee. Als ein Vorschlag."

„Ein Vorschlag?"

„Ja, wie wir leben sollten. So eine Art ethisches Modell."

Beide schwiegen. Jan war erleichtert; er hatte ausgesprochen, was ihn beschäftigt hatte. Und Lisa war überrascht. Sie glaubte ihm, aber zugleich hatte sie das Gefühl, dass das nicht alles war. Sie versuchte, sich das Gespräch mit der Pastorin in Erinnerung zu rufen und was Jan wohl wirklich darüber dachte.

„Wenn ich mich richtig erinnere, hat Heike doch gesagt, dass Zweifel an Gott oft durch ein paradiesisches Gottesbild entstehen. Oder ein naives."

Und dabei stieß sie wieder auf die Formel, mit der Jan nicht glücklich zu sein schien.

„Ich finde auch, dass man im Augenblick des größten Glücks nicht an den Tod denken möchte", sagte sie. „Aber du kannst es doch auch anders sehen. Ich glaube, dass ich mir in dem Moment wünsche, dass ich lange, lange mit dir zusammensein werde. Und das macht mich glücklich."

„Das weiß ich", antwortete Jan, „mir geht es doch genauso. Aber trotzdem kann ich mir nicht vorstellen, dazu einfach ‚ja' zu sagen, obwohl ich nichts lieber möchte als immer mit dir zu leben. Dieser Satz kommt mir so schwer vor, und dazu einfach nur schlicht ‚ja' zu sagen, das passt nicht zusammen. Wir können doch beide nicht wissen, wie sich unser Leben entwickelt. Und trotzdem versprechen wir, ‚bis dass der Tod uns scheidet'"?

Er hat ja recht, dachte Lisa, aber eben auf seine logische Art. Sie betrachtete sein Gesicht. Jan hatte sich wieder auf den Rücken gelegt und die Augen geschlossen. Er atmete ruhig. Und so, wie er da lag, konnte sie sich nicht vorstellen, dass es wegen dieses kleinen Satzes Schwierigkeiten geben würde.

Nach einer Weile ließ sie sich ebenfalls auf den Rücken hinabgleiten und griff nach seiner Hand. Plötzlich war sie müde. Aber sehr froh. In drei Monaten würden sie ein großes Fest feiern. Freitags die standesamtliche Hochzeit, nur mit ihren Familien, und zwei Tage später die in der Kirche. Und danach der Abend mit allen Freunden und Verwandten. Sie sah die Kirche vor sich, in der sie schon mit ihren Freundinnen zum Kindergottesdienst gegangen war. So lange war das noch gar nicht her. Und jetzt auf einmal Braut ...

„Jan?", sagte sie leise. Aber Jan war eingeschlafen.

2

Die Lukas-Gemeinde lag nahe am Stadtzentrum, in der Mörikestraße, einem sozial gemischten Viertel. Von Lisas Wohnung in der Fontaneallee zu Fuß 10 Minuten entfernt. Sie präsentierte sich unauffällig und zurückgezogen hinter einer mannshohen Buchenhecke, die sie von der Straße trennte. Manche lästerten darüber, aus gutem Grund! Denn auch ohne bösen Willen hätte man die Kirche durchaus als hässlich bezeichnen können, ohne dafür kritisiert werden zu müssen: sie war ein in den ersten Nachkriegsjahren gebauter, hell getünchter, im Lauf der Zeit aber grau und grünlich gewordener Betonklotz mit Fenstern wie Bullaugen und einem Glockenturm, den irgendein Architekt mit dunklen Holzbohlen verkleidet hatte. Von der Straße aus gesehen links daneben, jedoch ein paar Meter zurückgesetzt, das Gemeindehaus. Auch das aus Beton. Im Erdgeschoss Kindergarten, Büro- und Gruppenräume, im ersten Stock ein Gemeindesaal, ebenfalls im Flair der 50er Jahre. Flohmarkthändler hätten sich, wenn überhaupt, nur für die gläsernen Leuchten interessiert, die in zwei Reihen von der Saaldecke herabhingen. Auch die große Küche daneben war stark in die Jahre gekommen, dank aufopferungsvoller Pflege eines ehrenamtlichen Damen-Geschwaders aber immer noch in Betrieb. Der einzige Lichtblick des ganzen Ensembles war die Grüne Hölle, wie der große Garten von allen genannt wurde. Er umwucherte Kirche und Gemeindehaus und blühte in Frühling und Sommer so eindrucksvoll, dass selbst die Ordnungsliebe des Küsters nichts gegen das wunderbare Durcheinander von Blumen, Büschen und Bäumen ausrichten konnte. Allein die große Rasenfläche wurde regelmäßig gemäht.

Das Aushängeschild der Gemeinde war ihre gesellschaftliche Aktivität. Im Stadtteil war sie so etwas wie ein kleines, kulturelles Zentrum. Besonders beliebt waren die ‚Offenen Dialoge‘, zu denen an den Donnerstag Abenden regelmäßig Persönlichkeiten aus dem Stadtteil eingeladen wurden. Der Einsatzleiter der Feuerwehr etwa. Oder die Direktorin des Gymnasiums. Sie durften sich jeweils 10 Minuten lang vorstellen und mussten dann Fragen des Moderators und aus dem Publikum beantworten. „Waren Sie selbst schon einmal richtig krank?" Das hatte ein älterer Herr einmal die Chefärztin des Krankenhauses gefragt. Aus dem Ton, in dem er seine Frage

22

stellte, konnte man leicht einen gewissen, leicht gehässigen Vorbehalt heraushören. Und man hätte eine Stecknadel fallen gehört, als die Ärztin, eine Frau Anfang 50, ihn daraufhin erschrocken anguckte und lange nachdachte, ohne etwas zu sagen. Diese oder eine ähnliche Frage hatte ihr wohl noch niemand gestellt. Als sie endlich antwortete, tat sie das sehr leise. Sie erzählte von dem Krebs, den sie vor einigen Jahren gehabt hatte. Welche Angst sie gehabt habe, eine Brust zu verlieren. Dass ihr Mann ihr Halt und Kraft gegeben habe, aber dass sie immer noch zur Nachsorge müsse und jedes Mal wieder Angst davor habe, dass der Krebs zurückkehre. Dieser Abend war immer noch vielen Zuhörern im Gedächtnis. Und er hatte dazu geführt, dass das Krankenhaus einen ausnehmend guten Ruf genoss. „Da wird man wie ein Mensch behandelt", hieß es.

Bei den „Offenen Dialogen" erfuhr man vieles, was nirgendwo zu lesen oder zu hören war. Das Besondere war eine Art öffentliche Intimität, die jedes Mal entstand, ein Gefühl der Zusammengehörigkeit. Auf diese Weise sorgte der Gemeindevorstand geschickt für eine persönliche Vernetzung in der Nachbarschaft. Im Anschluss an manche dieser Dialoge hatten sich sogar Initiativen gebildet. Das ‚Hilfsbüro' zum Beispiel. Dieses ehrenamtlich geführte ‚Büro' stellte Kontakte her zwischen Menschen, die etwas Bestimmtes suchten, etwa ein Möbelstück oder einen gebrauchten Kinderwagen oder eine handwerkliche Fähigkeit, und denen, die das Gesuchte anzubieten hatten. So gut dieses ‚Büro‘ funktionierte, so blind war es aber in Hinsicht auf die eigenen Bedürfnisse der Gemeinde, etwa was eine Erneuerung der Bestuhlung im Gemeindesaal betraf. Das ständige Scharren und Poltern der Stühle, das auf ihr biblisches Alter zurückzuführen war, war ein häufig diskutierter Beweis dafür. „Es gibt Wichtigeres", erklärte Gert Winter jedes Mal, wenn irgendjemand mal wieder murrte über diese anscheinende Unveränderlichkeit.

Gert Winter, das war der Vorsitzende des Kirchenvorstandes, dessen Ruf dem der Gemeinde nur wenig nachstand. Ein ehemaliger Finanzbeamter, der seit einigen Jahren im Ruhestand lebte. „Ich will das Schiff auf Kurs halten", war seine Devise, „aber schwerer See kann man ausweichen." Die Fähigkeit zu überzeugen oder bei Konflikten auszugleichen war tatsächlich nicht seine Stärke. Sobald ihm die Argumente ausgingen und er in Schwierigkeiten geriet, zog er seine ‚Gumsters‘ aus der Tasche und schob sich unauffällig einen in den Mund. ‚Gumsters‘, das waren winzige Kaugummis, die nach Mangos rochen; woher er die bezog, hatte noch niemand herausbekommen.

24

Unschätzbar für die Gemeinde war jedoch sein Geschick, Kontakt zu den Geschäftsleuten der Umgebung herzustellen und zu pflegen. Wenn Winter zum Neujahrsempfang der Gemeinde einlud, kamen sie fast alle. Nicht allein, um den Dank des Kirchenvorstands für ihre Spenden entgegenzunehmen, sondern auch, um sich sehen zu lassen. Diese Neujahrsempfänge hatten sich nämlich mit den Jahren zu einem Treffen entwickelt, auf dem man unbedingt präsent sein musste, wenn man auf sich aufmerksam machen wollte. Und wer guten Kontakt zu St. Lukas hielt, war anerkannt im Stadtteil.

Besonderer Antrieb für das bewegte Leben in der Gemeinde war seit zwei Jahren aber die Pastorin, Heike Osterweil. Eine Frau etwas über 30, verheiratet mit einem wesentlich älteren Architekten, mit dem sie zwei Kinder hatte. Sie war es, die die ‚Offenen Dialoge' ins Leben gerufen hatte. Ihre Predigten, bei denen man immer mit Überraschungen rechnen musste, zogen viele Besucher in die Gottesdienste, und im anschließenden Kirchencafé wurden die Thesen der Pastorin oft heftig diskutiert. Für reichliche Kontroversen hatte auch ihre jüngste Initiative, regelmäßig ökumenische Gottesdienste zu feiern, gesorgt. Heike Osterweil jedenfalls war schon bald nach ihrer Einstellung das unbestrittene, wenn auch nicht unumstrittene Zentrum von St. Lukas.

Seit Monaten heftig umstritten war zum Beispiel ihr Versuch, eine mobile Tonanlage anzuschaffen. Besseres technisches Equipment, das sowohl in der Kirche als auch im Freien zu verwenden wäre. ‚Sie will sich bloss an die Jugend ranschmeißen!‘“, hielten ihr einige ältere Kritiker entgegen und dachten dabei an die ihrer Meinung nach völlig indiskutablen Auftritte einer kleinen Band ehemaliger Konfirmanden. ‚Die Jugend gehört genauso zur Gemeinde wie die Senioren‘, hatte die Pastorin darauf geantwortet. Woraufhin Gerhild Runde, Mitglied des Kirchenvorstandes, irgendetwas vom 23. Psalm als Rap gemurmelt hatte. ‚Und? Was spricht dagegen?‘, wollte die Pastorin wissen, hatte aber keine Antwort bekommen.

Was sie sich vorgenommen hatte, versuchte sie zu ende zu bringen. Allerdings verführte sie ihr Engagement manchmal dazu, ungeduldig, ja: undiplomatisch aufzutreten. Dass sie dem einen oder anderen damit auf die Nerven fallen konnte, wusste sie; das hinderte sie aber nicht daran, ihr Ziel konsequent zu verfolgen. Hin und wieder wurde sogar getuschelt, dass sie ihre Gemeinde mehr liebe als ihre Familie, aber warum es so sei und woher man das wissen wollte, dazu wollte sich niemand klar äußern.

Hier in St. Lukas war Lisa Anlass getauft und konfirmiert worden. Hier war sie zum Konfirmandenunterricht gegangen, damals noch bei einem älteren Pastor, der längst pensioniert war. Ihre Eltern, der Vater Rektor der Grundschule Wielandweg im selben Stadtteil, die Mutter Bibliothekarin, hatten über die Zahlung ihrer Kirchensteuern hinaus immer nur das Notwendige getan, um nicht als ‚kirchenfern' zu gelten. Ab und zu der Besuch eines Gottesdienstes oder einer Veranstaltung und selbstverständlich der des Neujahrsempfangs, das reichte ihnen. Allein und ohne besondere elterliche Aufforderung, hatte Lisa als Kind und später als Jugendliche aber nie festen Anschluss an die Gemeinde gefunden. Die Spielnachmittage und Singabende, die der Pastor und die Diakonin anboten, gefielen ihr nicht; es steckte immer etwas dahinter, das sie nicht benennen konnte und das sie abschreckte.

Das änderte sich schlagartig, als sie aus dem Studium zurückgekehrt war in ihre Heimatstadt. Denn als sie dort nach langer Zeit zum ersten Mal wieder einen Gottesdienst in St. Lukas besuchte und eine Predigt von Heike Osterweil hörte, war sie beeindruckt. Das war nicht mehr die Lukas-Gemeinde, die sie aus ihrer Konfirmandenzeit kannte.

„Gott hat die Welt nicht geschaffen, damit wir

sie verbrauchen!", verkündete die Pastorin in dieser Predigt. Sie sagte es mit einem Lächeln und nicht vorwurfsvoll oder gar mit Schaum vor dem Mund, sondern als handele es sich um die größte Selbstverständlichkeit. „Doch genau das tun wir. Wir haben uns die Erde untertan gemacht. Nur anders, als es von Gott gedacht war."

Solche Töne hatte Lisa noch nie gehört. Woran sie sich erinnern konnte, waren Orgelklänge, die sich von der Empore auf die Gläubigen unten im Kirchenschiff stürzten und sie vor sich herjagten, vor denen man sich wegducken wollte, die kein Entkommen zuliessen, die sie prügelten und zurechtwiesen. Die ihnen ihre Sünden vorhielten und die Erinnerung quälten, um sich dann auf einmal in höchste Piepser zu verwandeln, als hätten sie eingesehen, dass sie zu hart gewesen seien. Aber auch da hatte sich etwas verändert, seit Ännchen Taste Kantorin geworden war.

Als hinten im Kirchenraum ein Kind anfing zu weinen und die Mutter es nicht beruhigen konnte, geschah, was Lisa noch nie erlebt hatte: die Pastorin unterbrach ihre Predigt. „Einen Augenblick!", bat sie die überraschte Gemeinde, verließ die Kanzel, ging durch den Mittelgang nach hinten und wandte sich an die Mutter. „Sie müssen sich nicht dafür schämen, dass Ihr Kind weint", sagte sie leise, so dass niemand außer der Mutter selbst es hören konnte. „Es langweilt sich nur; das ist ganz normal."

Die Gemeinde hatte sich beinahe geschlossen umgedreht um zu beobachten, was da vor sich ging; so etwas hatte es in St. Lukas noch nie gegeben.

„Ich habe selbst zwei Kinder", sagte die Pastorin, „ich weiß, dass das nicht immer einfach ist. Deshalb freue ich mich, dass Sie trotzdem in den Gottesdienst kommen, obwohl es nicht leicht ist für Sie. Wissen Sie was? Ich werde mit dem Kirchenvorstand darüber nachdenken, einen Spielkreis für die Kinder einzurichten. Während der Gottesdienste."

Als die Mutter sie scheu, aber dankbar anlächelte, lächelte die Pastorin zurück. Ging dann durch den Mittelgang wieder nach vorne, die paar Stufen hinauf auf die Kanzel und setzte ihre Predigt fort.

„Gott hat uns die Erde anvertraut. Wasser zum Leben. Luft zum Atmen. Und genügend fruchtbares Land, um es zu beackern. Trotzdem gucken wir tatenlos zu, wenn tropische Wälder gerodet werden, um immer mehr Land für unsere fragwürdigen Bedürfnisse zu bekommen, nur damit unsere Industrien genügend Palmöl zur Verfügung haben und wir Fleisch essen können, soviel wir wollen. Lange Zeit hat keiner von uns wahrgenommen, wohin das führt. Da kann man niemand einen Vorwurf machen. Es gibt ja auch keine Institution, die uns das verbieten könnte. Noch nicht! Aber inzwischen wissen wir mehr. Ab sofort kann niemand mehr behaupten, er wisse nicht, wie und warum die Erde langsam schlapp macht. Wir wissen", sie hob das Wort ,wissen' immer deutlich heraus und gab ihm damit eine gewissen Schärfe, „wir wissen, dass wir es nicht zuletzt selbst sind, die etwas ändern können. Jeder von uns kann versuchen, auf den Verbrauch von Kunststoffen zu achten und ihn, wo es geht, zu reduzieren. Jeder könnte auf einen Teil seines Fleischkonsums verzichten, ohne dass es ihm schadet. Das ist keine Frage des Gewissens oder des Glaubens, wie man meinen könnte, nur weil wir hier in einer Kirche sind. Es ist eine Frage der Vernunft. Diese Vernunft haben wir! Wir haben sie von Gott. Lasst uns dafür danken - und sie vor allem nutzen!"

Als die Pastorin die Kanzel verließ, war es sehr still in der Kirche. Und als Lisa, wie fast alle anderen auch, der Pastorin am Ausgang die Hand gab und ihr einen schönen Sonntag wünschte, spürte sie Wärme. Unausgesprochen war da eine Gemeinsamkeit. Doch Lisa dachte nicht daran, dass die Ursache dieses Gefühls für andere ein Grund zur Ablehnung sein könnte.

3

An einem Montagabend Ende Mai tagte der Vorstand der Gemeinde; am Morgen danach saß die Pastorin im Gemeindebüro. Es duftete nach frisch aufgebrühtem Kaffee.

„Sie haben sich ja viel vorgenommen", sagte Frau Rückert, die Gemeindesekretärin, und spielte damit auf die Sitzung am Vorabend an. „Gottesdienst, Trauung und dann das Gemeindefest, das wollen Sie alles an einem Tag …"

Der Bürostuhl, auf dem Frau Rückert bewundernswert aufrecht saß, war im Laufe der Jahre schon mehrmals von Ehrenamtlichen repariert worden; nicht ein einziger von ihnen war gelernter Möbeltischler. Aber der Stuhl war ebenso heilig gesprochen und damit der Ewigkeit überantwortet wie das Porträt des Engels, das an der kahlen Wand hinter Frau Rückert hing. Vom ersten Tag an hatte es niemand so richtig gemocht. Doch wie im richtigen Leben war auch dieser Engel ‚unberührbar'. Er stammte nämlich von einer wohlhabenden, alten Dame, die der Gemeinde sehr zugetan war und sie immer wieder mit größeren Geldzuwendungen unterstützt hatte. Diese Dame hatte die 90 längst überschritten und war vor einigen Jahren in ein Seniorenheim übergesiedelt. Allerdings befanden sich unter den wenigen Gegenständen, die sie aus ihrer privaten Wohnung hatte mitnehmen können, auch eine Staffelei und ein Koffer mit Ölfarben; auf ihr Hobby, das Malen, konnte sie nämlich nicht verzichten. Und so hatte sie dann bei einem der vergangenen Gemeindefeste eines ihrer Produkte, den Engel, überreicht: ein stark verhuschter, geheimnisvoller Nebel in zartrosa und himmelblau, aus dem zwei riesige, schneeweiße Flügel herausragten. Als sie das Bild feierlich überreichte, lag ein fast ebenso engelhaftes Strahlen auf ihrem Gesicht. Und sie hatte darauf gedrängt, ihr Geschenk sofort und ebenso feierlich im Kirchenbüro aufzuhängen. Niemand wollte da widersprechen. Und seitdem hatte auch niemand gewagt, den Engel infrage zu stellen oder gar abzuhängen, obwohl bei einer anonymen Umfrage alle sofort und ohne zu zögern dafür plädiert hätten.

„Stimmt", entgegnete die Pastorin, „wahrscheinlich haben Sie recht. Das ist alles ein bisschen viel."

Sie machte einen unruhigen, angespannten Eindruck auf die Sekretärin.

„Aber ich konnte doch schlecht ‚nein' sagen. Lisa Anlass hat sich diesen Termin so gewünscht, weil an dem Wochenende ihre beste Freundin aus den USA kommen kann. Und die kirchliche Trauung ist ihr wichtiger als die standesamtliche; es gibt nicht mehr allzu viele, die so denken. Außerdem möchte sie gerne im Gottesdienst heiraten, vor der ganzen Gemeinde, und anschließend mit Familie und Freunden und allen, die es möchten, im großen Saal feiern. Oder in der Grünen Hölle, wenn das Wetter gut ist."

Frau Rückert kommentierte das nicht; sie dachte an das Protokoll der Vorstandssitzung, das sie noch schreiben musste.

„Kennen Sie die junge Frau?", fragte die Pastorin. Sie sprach schnell, obwohl sie nicht in Eile war. Schnell sprechen und schnell denken, das waren ihre Markenzeichen. Dass sie nicht in jedem Fall auch ebenso schnell handelte, durfte man ihr nicht vorwerfen. Da mussten ja auch noch andere mitspielen. Aber von morgens bis abends steckte sie voller Pläne und Ideen, und nicht selten gelang es ihr, andere für etwas zu begeistern.

„Nein, das nicht. Aber ich weiß, wer sie ist. Ich kenne ihre Eltern. Den Vater jedenfalls, er ist Rektor der Grundschule Wielandweg; da geht meine Enkelin auch hin. Die Mutter kenne ich nicht, nur vom Sehen."

Das Telefon summte; die Sekretärin nahm mit einem bedauernden Blick in Richtung Pastorin den Hörer ab und meldete sich. Da es offenbar nichts Persönliches war, blieb die Pastorin im Raum und wartete auf das Ende des Gesprächs. Ihr lag noch etwas auf der Seele, das sie unbedingt loswerden wollte. Doch als Frau Rückert schließlich den Hörer auflegte, kam die ihr zuvor.

„Haben Sie sich übrigens genau überlegt, was Sie gestern Abend in der Sitzung vorgeschlagen haben?"

Obwohl diese Frage überraschend kam, wusste die Pastorin sofort, wovon die Rede war.

„Sie meinen das Bio-Fleisch?"

„Ja. Ich fürchte, dass wird Ärger geben."

„Möglich. Aber das Bio-Fleisch ist doch schon ein Kompromiss, Frau Rückert! Ursprünglich zielte mein Antrag ja darauf ab, überhaupt kein Fleisch mehr in der Gemeinde anzubieten. Wissen Sie doch."

„Ja, ich weiß. Ich persönlich hätte ja auch nichts dagegen, wenn wir alle unsere Veranstaltungen und Feste vegetarisch gestalten würden. Gar kein Fleisch mehr. Wer will, kann es jederzeit woanders essen. Und es wäre ja in der Tat so etwas wie ein Aushängeschild für die Gemeinde, wenn wir ‚fleischfrei' wären. Aber sie haben ja selbst gemerkt, wie groß der Widerstand ist."

„Sie meinen Frau Runde?"

„Ja." Frau Rückert nickte vielsagend mit dem Kopf; ‚wer sonst?' sollte das wohl bedeuten.

„Gut, damit muss man leben. Aber am Ende ist sie doch überstimmt worden. Ganz demokratisch."

„Ja, schon, aber das ist noch nicht das Ende, hab ich im Gefühl."

Die Pastorin schwieg. Sie sah sie vor sich, Gerhild Runde, das Urgestein im Kirchenvorstand, von den meisten einfach Gerhild genannt und geduzt. Nur sie selbst, Frau Rückert und Herr Winter, die siezten sie und hielten lieber etwas Abstand.

Plötzlich richtete sie sich auf. Es sah aus, als nähme sie einen Anlauf zu etwas. „Ärger wird es leider noch in ganz anderer Hinsicht geben", sagte sie.

Einen Moment lang wirkte Frau Rückert irritiert. Sie hatte gerade die oberste Schublade ihres Schreibtisches geöffnet und im selben Augenblick vergessen, warum sie das getan hatte. Was die Pastorin da angedeutet hatte, musste etwas wirklich Schwerwiegendes sein; sie war bekannt dafür, dass sie trotz ihres Temperamentes sehr zurückhaltend war und nie etwas unnötig aufbauschte. Gerhild, das war ihr klar, konnte nicht gemeint sein. Die würde zwar alle Hebel in Bewegung setzen, um auch das Biofleisch noch zu verhindern. Darüber würde es noch endlose, zähe Diskussionen im Vorstand geben. Und Frau Rückert malte sich schon aus, welche Erklärungen Gerhild vorbringen würde. Immer neue würden ihr einfallen, und die würde sie vortragen wie ein tropfender Wasserhahn: langsam, aber stetig. Mit wirklich überzeugenden Argumenten war jedoch kaum zu rechnen. Ihre Stärke war die Position, die sie in der Gemeinde innehatte. Jeder wusste, dass sie da außerordentlich aktiv war und sich nicht scheute, auch unangenehme Aufgaben zu übernehmen. Seit vielen, vielen Jahren war das so. Außerdem standen einige aus dem Seniorenkreis hinter ihr. Und die Mundpropaganda, die er ganz im Sinne von Gerhild lostreten würde, würde alles niederwalzen. Aber aus welcher Ecke sollte da noch Ärger ‚in ganz anderer Hinsicht' kommen? Wovon sprach die Pastorin?

Heike Osterweil zögerte. Die Sekretärin wartete. Es gab ja kein Zurück mehr; einmal angekündigt, musste die Pastorin raus mit der Sprache. Auf dem Flur waren plötzlich Stimmen zu hören, die rasch näher kamen, sich aber genauso schnell wieder entfernten. Als sie kaum noch zu hören waren, stand die Pastorin auf, ging zur Tür und drehte den Schlüssel um, der im Schloss steckte. „Ich hoffe, Sie haben nichts dagegen", sagte sie. So etwas hatte sie noch nie getan. Frau Rückert schloss die Schublade wie in Zeitlupe. Es musste tatsächlich etwas Ernstes sein.

„Und ich bitte Sie ganz herzlich für sich zu behalten, was ich Ihnen jetzt sage", bat sie. Frau Rückert nickte mit dem Kopf und sagte nichts.

„Es wird sowieso nicht mehr lange verschwiegen werden können."

Aufgerichtet, aber bewegungslos saß die Sekretärin auf dem alten Bürostuhl.

„Um es direkt zu sagen: Ich habe mich verliebt."

Frau Rückert hatte schon einige Überraschungen erlebt in all den Jahren, die sie als Gemeindesekretärin in St. Lukas gearbeitet hatte. Und normalerweise saß sie unerschütterlich auf ihrem ‚Heiligen Stuhl', egal was auf sie zukam. Doch jetzt zuckte sie zusammen. Meinte, nicht richtig gehört zu haben. Beugte sich nach vorne, als wolle sie aufstehen, blieb dann aber doch sitzen. Beide Frauen schwiegen. Als das Telefon summte, schien die Sekretärin das nicht zu hören.

„Ich habe mich verliebt", sagte Heike Osterweil nach endlos langen Minuten, wie es beide empfanden, noch einmal. Leise und in sich gekehrt, als wolle sie es sich selbst noch einmal bestätigen. Frau Rückert, immer noch sprachlos, versuchte, völlig unsinnig, einen Bleistift so zu verschieben, dass er parallel zur Tischkante lag. Sie versuchte es immer von Neuem. War nie zufrieden.

„Ja, so ist das", sagte die Pastorin schließlich, irgendwo zwischen Lachen und Weinen. Und sie wusste natürlich genau, dass es nicht so sein durfte. Sie als verheiratete Pastorin mit zwei Kindern konnte sich doch nicht einfach verlieben…

Frau Rückert atmete tief ein und stieß die Luft zwischen beinahe geschlossenen Lippen sofort wieder aus. Es klang wie ein ‚das können wir jetzt aber gar nicht gebrauchen'. Sie suchte nach Worten. Spürte natürlich, dass sie irgendetwas sagen musste. Dass die junge Frau, die immer wusste, was sie wollte, ihr plötzlich so hilflos gegenüber saß und auf eine Reaktion wartete. Doch weil ihr nichts anderes einfiel, sagte sie einfach nur: „Mein Gott!" Und als ihr noch im selben Moment klar wurde, wie missverständlich das war, stand sie rasch auf und tat etwas, das sie sich bis zu diesem Augenblick niemals zugetraut hätte: sie stand auf und legte, ohne lange nachzudenken, der Pastorin den Arm um die Schulter. Es war so etwas wie ein mütterlicher Trost, den sie geben wollte, ohne dass ihr das selbst bewusst war. Heike Osterweil spürte sofort die Empathie, die die Sekretärin für sie empfand. Und noch im selben Augenblick schluchzte sie auf und verkroch sich wie ein Kind tief in Frau Rückerts Arm.

„Weiß Ihr Mann davon?", fragte Frau Rückert leise,

als die Pastorin sich etwas beruhigt hatte.

„Ja, ich hab es ihm gesagt."

Wieder liefen Tränen.

„Er ist vollkommen fertig."

Frau Rückert nickte.

„Er hat sogar gesagt, dass er irgendwann damit hätte rechnen müssen."

„Wieso?"

„Weil ich so viel jünger bin als er." Heike nahm das Taschentuch, das die Sekretärin ihr in die Hand drückte, und tupfte sich die Tränen vom Gesicht. „Aber er will natürlich keine Trennung. Er sagt, dass sich das geben wird. So hat er sich jedenfalls ausgedrückt."

Frau Rückert wartete, ihren Arm weiter um Heikes Schulter gelegt.

„Aber ich kann nicht anders!" Sie zitterte.

In diesem Moment klopfte jemand an die Tür. Entschlossen, fordernd. Die Frauen schreckten zusammen, schauten sich an, rührten sich aber nicht.

„Frau Rückert?", rief jemand laut, „Sie sind doch da, oder?"

Es war die Stimme von Gerhild, die vor der Tür stand und horchte. Noch zwei-, dreimal rief sie und drückte mehrmals die Klinke herab, aber die Frauen antworteten nicht. Sie waren sich auch ohne

Absprache einig, in dieser Situation die Tür nicht zu öffnen. Dann waren draußen Schritte zu hören, die sich zögernd entfernten, und dazu ein unüberhörbares Gemurmel, das zweifellos Mißfallen ausdrücken sollte. Frau Rückert nahm Heike Osterweil das Taschentuch aus der Hand und setzte sich wieder auf ihren Stuhl.

„Weiß jemand davon außer mir?", flüsterte sie.

Die Pastorin schüttelte den Kopf. „Nein."

„Und was wollen Sie jetzt tun?"

„Ich weiß es nicht."

Wieder summte das Telefon.

„Gehen Sie ruhig dran!"

Es war Gerhild. Die Sekretärin bestätigte, dass sie in ihrem Büro sei, dass sie aber Gründe habe, niemanden hereinzulassen. Und legte nach einem freundlichen Gruß den Hörer wieder auf.

„Es kann nicht länger so bleiben", sagte die Pastorin, „ich will Klarheit. Und Johannes auch, so heißt er. Und mein Mann natürlich auch." Für einen Moment sah es so aus, als würde sie von neuem anfangen zu weinen. Doch sie gab sich einen Ruck. „Und die Gemeinde muss die Wahrheit wissen."

Sie hob den Kopf und lächelte Frau Rückert ein wenig mühsam an; es schien, als wolle sie das Gespräch beenden. Frau Rückert, die ihre Frage nicht vergessen hatte, erhob sich vom ‚Heiligen Stuhl'.

„Weiß noch irgendjemand davon?", fragte sie ein zweites mal.

Die Pastorin zögerte. „Glaub ich nicht." Sie grübelte. „Vielleicht Herr Reile", räumte sie ein und versuchte, sich ins Gedächtnis zu rufen, wie es war, als sie mit Johannes aus dem Bus gestiegen war. Nein, das konnte eigentlich nicht sein! „Er war auf der anderen Straßenseite", sagte sie, „und er hat sich mit irgendjemand unterhalten."

Sie stand schon halb in der Tür.

„Wie auch immer", sagte Frau Rückert, „meiner Meinung nach sollten Sie den Gemeindevorstand so bald wie möglich informieren. Also Herrn Winter. Er sollte es von Ihnen erfahren und nicht von irgendjemand anders."

4

Jeden Freitag wurde in der Heinrichstraße, Ecke Mörikestraße, ein Markt aufgebaut. Keine 500m von St. Lukas entfernt. Ein idealer Ort nicht nur für den Wochenendeinkauf, sondern vor allem für Klatsch und Tratsch. Wer sich mal so richtig etwas von der Seele reden wollte, der kam hier auf seine Kosten. Hier traf man immer irgendjemanden, den man kannte. Und der mindestens genauso viel Zeit hatte wie man selbst.

Ein besonders beliebter Treffpunkt dieser Spezies war der Stand von Martha Gröninger. ‚Fleischwaren in höchster Qualität', stand in altdeutschen Buchstaben über der Auslage. Solange man zurückdenken konnte stand es da. Das konnten viele bezeugen, die schon ebenso lange Stammkunden waren. Sie alle mochten Frau Gröninger wegen ihrer derben, aber witzigen Sprüche; ein paar hundert Jahre früher hätte sie leicht als Närrin oder höfische Possenreißerin auftreten können. Narren und Possenreißer waren den Menschen ja schon immer zugewandt; hinter ihrer äußeren Derbheit, hinter ihrer scheinbar verstörenden Art steckte immer etwas Liebevolles. Wer also mit seinem Enkelkind an Martha Gröningers Stand erschien, bekam grundsätzlich eine Wiener für den frechen Bengel oder die süße Göre über den Tresen gereicht. „Wer wächst, braucht Fleisch", behauptete die resolute Metzgersfrau, „sonst fällt er von demselben." Und wer Nachrichten aller Art aus der Nachbarschaft brauchte, konnte sicher sein, auch in dieser Hinsicht von Martha bestens bedient zu werden.

Eine ihrer Stammkundinnen war Gerhild, die auf Nachfrage immer versicherte, schon länger bei Frau Gröninger einzukaufen als die ihren Stand hier hatte. „Richtig!", reagierte die dann immer, „alte Knochen gibt's bei mir nur vor dem Tresen und nicht dahinter." Das konnte sie sich leisten, weil sie genau wusste, dass Gerhild solche Sprüche nicht nur austeilen, sondern auch einstecken konnte.

„Hack!", sagte sie, als sie endlich dran war. „Gemischtes."

„Wie immer ein Kilo?", fragte Frau Gröninger. „Oder ist dein Mann nicht zu Hause?"

„Wie immer! Der kann nicht genug kriegen von meinen Frikadellen."

„Wie machst du die?"

Gerhild drehte sich um. War sie gemeint? Ja: hinter

ihr stand Sibylle, die bis vor zwei Jahren noch zur Gemeinde gehört hatte.

„Wie mach ich die? Zwiebeln, Knoblauch, klein wenig Paprika, altes Brötchen, bisschen Senf ..."

„Ich geb jetzt immer 'n halbes Löffelchen Maggi rein", flötete Sibylle, „musst du auch mal probieren, schmeckt pikant."

Sibylle hatte die Gemeinde verlassen, als Heike Osterweil kam. Mit dem Pastor, der in den Ruhestand versetzt wurde, hatte sie immer ‚gut gekonnt', wie sie es nannte. Aber so eine junge Grünschnabelige, die immer genau wusste, wo es lang ging - nein, so eine war nichts für sie. Der Pastor hatte ja immer ein offenes Ohr gehabt, das war ganz etwas anderes. Der wusste genau, dass er sich auf Sibylle verlassen konnte. Mit dem konnte man sich auch mal unter vier Augen unterhalten. Der wusste es zu schätzen, wenn man ihm das eine oder verklickerte. Wenn man ihm ein bisschen die Augen öffnete. Aber diese Frau Osterweil? Wie wollte die denn eine Gemeinde führen? Hatte zwei Kinder und war fast selbst noch eines.

„Bisschen mehr?", fragte Frau Gröninger mit einem Blick auf die Waage. Da waren fast 1200 g angezeigt.

„Geht in Ordnung", erlaubte Gerhild. „Und dann noch ein Kilo Gulasch für Sonntag. Vom Rind."

44

Sibylle beugte sich jetzt ein bisschen vor, näher an Gerhild heran. Als gäbe es etwas zu besprechen, das nicht jeder hören sollte. „Und? Was macht die Gemeinde?"

Gerhild mochte diese Art Intimität nicht. Jedenfalls nicht die von Sibylle. Die wollte sie ja nur ausfragen. Als sie noch zur Gemeinde gehörte, hatte sie ihr Ohr überall gehabt und ihre Nase überall hineingesteckt. Und hatte ihre Erkenntnisse vertraulich, aber gießkannenartig und oft in ihrer eigenen, ‚bearbeiteten' Version weiter verbreitet. Leider war es so, dass auch Gerhild eine Schwäche in dieser Hinsicht hatte. Es war, das konnte sie nicht leugnen, immer wieder äußerst reizvoll, unter der Hand und brühwarm zu erfahren, was nicht unbedingt öffentlich gehandelt wurde. Um es dann, natürlich unter vier Augen und dem Siegel der Verschwiegenheit, so schnell wie möglich weiterzugeben. Und, darauf kam es vor allem an, zu beweisen, wie gut man selbst über das Neueste informiert war.

„Ihr hattet doch wieder Vorstandssitzung, oder?"

„Hatten wir."

„Und? Alles gut bei euch?"

Sibylle wusste, wie sie Gerhild anpacken musste, und legte nach.

„Habt ihr schon das Gemeindefest geplant?"

„Haben wir!", entgegnete Gerhild knapp. Ihr war natürlich bekannt, dass von den Besprechungen und Entscheidungen im Gemeinderat nichts nach außen dringen durfte. Jeder, der wollte, konnte ja einfach ins Gemeindebüro spazieren und sich dort die offiziellen Protokolle der Sitzungen ansehen. Was wirklich interessant war, nämlich die verschiedenen Meinungen, die geäußert wurden, stand da natürlich nicht drin. Andererseits reizte es Gerhild allzu sehr, sich ein wenig über diese Diskussion, die die Pastorin angezettelt hatte, auszulassen. Das war ja etwas völlig Blödsinniges. Und spätestens beim Gemeindefest, zu dem Sibylle natürlich erscheinen würde, um Neuigkeiten aufzuschnappen, würde es sowieso an die Öffentlichkeit gelangen. Wenn es die Spatzen nicht schon viel früher vom Kirchturm pfeifen würden. Warum also sollte sie nicht mit Sibylle darüber reden?

„Diesmal läuft es aber ein bisschen anders als sonst", sagte sie, nachdem sie eine Weile vielsagend geschwiegen und mit unverkennbarem Blick angedeutet hatte, dass es da etwas Ungewöhnliches gab.

Sibylle begriff sofort, dass das Schiff ein Leck hatte. Sie wartete und schwieg.

„Hast du schon mal was von einer fleischfreien Gemeinde gehört?"

Gerhild richtete sich mit ihrer Frage auf wie ein

Leuchtturm, aus ihren Augen blitzte die Empörung.

„Fleischfreie Gemeinde? Was heißt das denn?"

„Dass es kein Fleisch mehr in der Gemeinde geben soll, heißt das!"

„Versteh ich nicht."

„Versteht niemand. Sie will es aber so."

„Wer ist ‚sie'?"

„Die Osterweil."

Spätestens jetzt tummelten sich die beiden Frauen auf derselben Wellenlänge.

„Du kennst sie doch", legte Gerhild nach, „die ist doch total auf dem grünen Trip. Jetzt hat sie behauptet … stell dir vor, von der Kanzel hat sie das gesagt, dass am Amazonas die Wälder abgeholzt werden, damit wir Fleisch essen können. Oder so ähnlich. Und dass wir in der Gemeinde deshalb kein Fleisch mehr anbieten sollen."

„Und? Macht ihr das etwa?"

„Natürlich nicht!" Gerhild schob sich jetzt ihrerseits näher an Sibylle heran. „Ich hab gleich sehr deutlich gesagt, wie unmöglich ich das finde. Seit zig Jahren bieten wir Frikadellen und Grillwürste an, hier, die von Gröninger, weißt du ja. Die Leute warten doch darauf. Wieso sollten wir jetzt auf einmal damit aufhören? Nur wegen der Osterweil? Als ob unsere Gemeinde damit etwas verhindern könnte. So'n

Quatsch."

Sibylle bestätigte das sofort. Da sei sie völlig derselben Meinung. Sagte sie jedenfalls.

„Siehst du, jetzt verstehst du vielleicht, warum ich nicht mehr in St. Lukas bin", erklärte sie. Und dann setzte sie noch eins obendrauf, weil es so schwierig war, nicht zu glänzen, wo es doch möglich war.

„Sag mal, hat die Osterweil eigentlich Besuch von ihrem Bruder?"

Gerhild brauchte ein oder zwei Sekunden, um zu begreifen, dass es einen Themenwechsel gegeben hatte.

„Ihr Bruder? Hat sie einen Bruder?"

„Eben nicht! Glaub ich jedenfalls. Außerdem frag ich mich, ob man mit seinem Bruder so durch die Stadt geht."

Gerhild hatte das Gefühl, als schwimme da etwas in ihrem Kopf herum. Zumal Frau Gröninger gerade das Hackfleisch und das Gulasch über den Tresen schob und demonstrativ die Hand aufhielt. „Moment." Sie kramte in ihrem Portemonnaie herum und zog einen Schein heraus, „bitte!", packte das Fleisch ein und zog Sibylle einen Meter zur Seite.

„Was ist mit dem Bruder?"

Sibylle stöhnte demonstrativ auf.

„Das war nicht ihr Bruder! So, wie die rumgeturtelt

48

haben …"

Langsam fiel der Groschen.

„Und wo war das?"

„Gestern. Im Quarré."

Gerhild brachte kein Wort hervor. Sie war vollauf damit beschäftigt sich auszumalen, was das bedeuten würde. Nur ganz allmählich drang ihr das Geschrei einiger Kunden ins Ohr, die vor Frau Gröningers Fleischwaren standen und hinter ihr her guckten. ‚Wechselgeld' hörte sie heraus. Erst dann bemerkte sie, dass sie noch ihr geöffnetes Portemonnaie in der Hand hatte.

5

Am Tag darauf, am Sonnabend, es war der erste im Juni, bereitete ein Dreier-Team den Gottesdienst für den Sonntag vor. Selbstverständlich führte dabei Gerhild, wie gewohnt, das Kommando. Alle wichtigen Entscheidungen kamen von ihr.

„Die Rosen sehen nicht gut aus in den braunen Vasen, Inge. Nimm lieber die aus Glas."

Inge, die bei allen in der Gemeinde seit Menschengedenken nur ‚die Inge' hieß, tippelte zum Altar und griff mit beiden Händen nach einer der braunen Vasen. Das war nicht leicht für sie. Und als sie mit dem schweren Gefäß vorsichtig die paar Schritte zur Sakristei schlich, in höchster Konzentration auf ihr Gleichgewicht achtend und das Blumenwasser beschwörend, das freiheitssuchend in der Vase hin und her schwappte, hätte man nicht garantieren können, dass sie dort ohne ein vorheriges Missgeschick ankommt. Aber es gelang. Und Herr Meiler, der Küster, der das nicht ohne Anspannung beobachtet hatte, atmete auf.

„Hans, du machst schon mal die Liedertafeln!"

Auch Herr Meiler widersprach nicht. Er hatte gute Laune, denn seine Mannschaft würde am Nachmittag in bester Besetzung auflaufen. Ihr Gegner war eine ‚komplette Luschen-Truppe', wie er sich ausgedrückt hatte. Dies Bewusstsein gab ihm Rückhalt; bedauerlich war nur, dass mit den beiden Frauen darüber nicht im Entferntesten zu reden war. Also schleppte er dienstbeflissen die Leiter und den Kasten mit den hölzernen Zahlen heran, die sorgfältig in die Liedertafeln gesteckt werden mussten. Heute würde ihm ein Malheur wie am vergangenen Wochenende nicht noch einmal passieren; er würde die Liednummern und die Strophen auf den beiden Liedertafeln genauestens abgleichen.

„Darf ich dich übrigens daran erinnern, dass du in der Kirche nicht mehr mit nackten Oberarmen herumlaufen wolltest?"

Gerhild mimte die Empörte; ihr Blick traf den Küster wie ein Geschoss. Erschrocken schaute der Fußballfan auf seinen rechten Arm, obwohl er wusste, dass dort das Tatoo einer mit üppigen Formen ausgestatteten Schönheit prangte. Schuldbewusst zog er sofort den aufgekrempelten Hemdsärmel herab. „Sowas solltest du dir lieber heute als morgen abschminken. ‚Die Welt als Wille und Vorstellung', kennst du doch, oder?" Gerhild konnte nicht nur energisch, sondern auch richtig fies sein. Sie schüttelte, Unverständnis demonstrierend, den Kopf, und Herr Meiler bestieg zusammengestaucht die Leiter.

Eine halbe Stunde später, als die Vasen ausgetauscht und die Lieder richtig angezeigt waren, standen die drei im Mittelgang und betrachteten ihr Werk.

„Ich bin mal gespannt, ob morgen wieder so viele kommen wie letzten Sonntag", sagte Inge, „da war es richtig voll!"

„Ist doch immer so in letzter Zeit", ergänzte Herr Meiler, froh, sich einer Meinung anschließen zu können.

„Ja, immer!", echote Inge. „Aber wenn sie nicht mehr predigen will …"

„Was will sie nicht mehr?" Gerhild glaubte, nicht richtig gehört zu haben. „Nicht mehr predigen? Eine Pastorin, die nicht predigt? Wo gibt es denn sowas?"

„Weiß ich auch nicht. Sie hat aber mit Frau Rückert darüber gesprochen, als ich im Büro war."

„Und wie kommt sie auf so eine Schnapsidee? Ein Gottesdienst ohne Predigt! Das gibt es auch nur in St. Lukas."

„Ja, aber sie will dann Psalmen lesen lassen. Und mehr Lieder singen und so. Mehr so spirituelle Sachen, hat sie gesagt."

Gerhild hörte sich das mit gemischten Gefühlen an. Einerseits legte sie großen Wert darauf, dass ,ihre' Gemeinde, in der sie doch eine so außerordentlich bedeutsame Position innehatte, gesellschaftlich anerkannt war. Und sie wusste natürlich, dass die Pastorin mit ihren Predigten großen Anteil daran hatte. Aber Gottesdienste ohne Predigt? Das wurde ja immer verrückter! Sie schüttelte den Kopf. ,Die ganze Art', wie sie sich immer ausdrückte, die ganze Art der Pastorin war ihr ein Dorn im Auge. Aber jetzt hatte sie endlich etwas, mit dem sie sich gegen sie zur Wehr setzen konnte.

„Wenn demnächst nicht wieder weniger kommen als bisher, bin ich ja schon zufrieden", sagte sie. Seufzte. Und ergänzte, mit leiser Stimme und wie zu sich selbst: „Könnte jetzt nämlich leicht passieren."

Inge und der Küster reagierten auf diese vielsagende Andeutung genauso, wie Gerhild es erwartet hatte: sie hatte auf einmal die ungeteilte, gespannte Aufmerksamkeit. Doch wollte sie die beiden nur zu gerne noch einen Moment zappeln lassen; das Vergnügen, mehr zu wissen als andere und sie neugierig gemacht zu haben, genoß sie in vollen Zügen.

„Wieso?", fragte der Küster nach einer längeren Pause. Inge nickte zustimmend ohne im entferntesten zu wissen, um was es ging..

„Darf ich nicht sagen!", meinte Gerhild und machte dabei ein Gesicht, als kämpfe sie mit sich selbst.

„Wieso nicht?", kam es gleichzeitig und ein wenig überstürzt zurück.

„Weil ich als Mitglied des Kirchenvorstands zum Schweigen verpflichtet bin."

Herr Meiler ließ seiner Enttäuschung freien Lauf; er hätte sich zu gerne unter der gemeinsamen Decke getummelt und etwas getratscht. Inge erging es ähnlich, doch sie stellte es geschickter an als der Küster.

„Hat es etwas mit dem Gemeindefest zu tun?", fragte sie. Und damit hatten sich die beiden Frauen gegenseitig an der Angel.

„Nicht direkt", antwortete Gerhild, „aber soviel darf ich sagen: natürlich wirkt sich das auch auf das Gemeindefest aus. Auf die Besucher, meine ich."

„Hab ich mir doch gedacht", griente Inge und gab Gerhild einen weiteren Anstoß. „Jetzt kannst du es auch ruhig ganz sagen; die Hälfte wissen wir ja schon."

Gerhild wirkte auf einmal ein wenig verunsichert: war das so? Hatte sie wirklich schon zuviel gesagt? Doch egal: sie hatte überhaupt keine Lust, auf den Triumph zu verzichten, den sie würde genießen können, wenn sie ein wenig aus der Schule plauderte. Die anderen aus dem Vorstand würden ja sicher auch darüber reden. Warum also sie nicht auch? Außerdem würde es ihr niemand übelnehmen, wenn sie mit zwei engagierten Mitgliedern der Gemeinde darüber sprechen würde. Auf der Straße würde sie es natürlich niemals herum posaunen.

„Also wenn es unter uns bleibt und ihr mir versprecht zu schweigen wie ein Grab, will ich mal eine Ausnahme machen."

Sie guckte sich um, ob auch nicht irgendjemand die Kirche betreten hatte, den das nichts anging. Doch die drei waren mutterseelenallein. Als daran kein Zweifel mehr herrschte, beugte sie sich vor und flüsterte:

„Es soll kein Fleisch mehr geben!"

Inge und Herr Meiler, die ihr an den Lippen klebten, waren gründlich irritiert. Hatten sie richtig gehört? ‚Es soll kein Fleisch mehr geben!' Was sollten sie damit anfangen?

„Also in der Gemeinde soll kein Fleisch mehr ausgegeben werden", wiederholte Gerhild noch einmal und wischte sich mit dem Handrücken den Mund ab. „Jedenfalls nicht mehr wie bisher."

Inge schien als erste zu verstehen.

„Wieso?"

„Weil die Pastorin es will."

Nach der Überraschung, für die sie gesorgt hatte und die sie genüsslich auskostete, konnte Gerhild die verständnislosen Gesichter ihrer beiden Zuhörer nicht lange ignorieren. Mit Genugtuung ließ sie sich dazu herab, ins Detail zu gehen.

„Unsere junge Pastorin", das ‚junge' klang durchaus eine Spur hämisch, „hat in der Vorstandssitzung den Antrag gestellt, kein Fleisch mehr anzubieten. Bei allen Gelegenheiten. Auch beim Gemeindefest."

„Auch keine Wurst?", fragte Hans Meiler.

Gerhild Runde sah ihn strafend an.

„Ist Wurst kein Fleisch?"

„Ich meine Würstchen."

„Doch, Würstchen schon. Dafür hab ich gesorgt!" Gerhild musste ihren halben Erfolg natürlich ins rechte Licht stellen. „Aber alles nur noch Bio. Würstchen Bio, Steaks Bio, Wurstaufschnitt - alles Bio."

„Und warum?"

Die Frage gefiel Gerhild. „Weil die Osterweil es will. Die ist doch auf dem grünen Trip, wissen doch alle. Ich erinnere nur an die komische Wildblumenwiese, die sie hinter der Kirche anlegen will! ‚Bienenfreundlich' soll das werden, mitten in der Stadt! Das wird nur Kraut und Rüben, sag ich euch. Und wer soll das pflegen?" Sie guckte Hans Meiler an. „Als ob unsere Gemeinde das Klima retten könnte! Und dass Bio immer teurer ist, das ist ihr egal. Aber eins sag ich: noch ist das letzte Wort in dieser Angelegenheit

56

keineswegs gesprochen."

Inge hätte gerne geäußert, dass sie die Idee, nur noch Bio-Fleisch anzubieten, grundsätzlich nicht falsch fand. Aber so, wie Gerhild da stand, Beifall heischend, hielt sie sich lieber zurück. „Ja ja, bis sowas wirklich mal durch ist, das dauert." Kurz zögerte Gerhild, weil sie nicht genau wusste, ob diese Floskel sie bestätigte oder infrage stellte. Aber da sie im Kopf schon Anlauf genommen hatte zu etwas anderem, wollte sie darüber nicht länger nachdenken.

„Der große Knall kommt dann ja auch noch!"

Es war ihre Spezialität, bedeutende Entwicklungen ganz nebenher anzudeuten und auf diese Weise besonders interessant zu machen. Inge und der Küster machten keinerlei Anstalten, dieser Falle auszuweichen.

„Nee!", reagierte der Küster und guckte Gerhild mit offenem Mund an.

„Was für' n Knall?", fragte Inge etwas konkreter.

Gerhild schien über sich selbst hinaus zu wachsen; sie fühlte sich in ihrem Element.

„Ich weiß nicht, ob ich darüber reden kann. Weiß ja noch nicht mal der Gemeindevorstand. Und ich hab bisher ja auch nur mit Herrn Winter darüber gesprochen."

„Ja, und?"

Gerhild zierte sich: „Ich weiß nicht, ob es was damit zu tun hat. Aber letzten Dienstag wollte ich kurz mit Frau Rückert sprechen. Ich wusste, dass sie im Dienst ist und in ihrem Büro saß. Aber dann …"

Sie beugte sich vor und machte eine einladende Bewegung, winkte ihre Gesprächspartner mit beiden Händen näher an sich heran. „Aber dann …"

„Was: dann?" Der Küster konnte es kaum noch abwarten.

„Habt ihr schon mal erlebt, dass die Bürotür abgeschlossen ist, obwohl Frau Rückert drin ist?"

Als die beiden Zuhörer, wie erwartet, immer größere Ungeduld zeigten, legte sie gnädig nach. „Da war nämlich noch jemand drin im Büro!"

„Waaas???"

„Ja, da war nämlich noch unsere Pastorin!"

„Ja, aber warum nicht?", fragte Inge.

„Ich bitte dich", Gerhild ließ keinen Zweifel daran, wie dumm sie diese Frage fand. „Was haben die beiden denn so Geheimnisvolles zu besprechen, dass sie die Bürotür abschließen müssen?" Schweigen. Betretenes, gespanntes, vielsagendes Schweigen. „Da ist was im Busch!", verriet sie. „Da ist gewaltig was im Busch." Sie streckte den Zeigefinger ihrer rechten Hand gen Himmel, als wollte sie vor der Apokalypse warnen, nahm ihren Mantel, ließ sich vom Küster hineinhelfen und schritt Richtung Kirchentür. Unterwegs drehte sie sich noch einmal um und sagte ganz überflüssig: „Wir sind doch fertig, oder?" An der Türe angekommen, blieb sie noch einmal stehen, schloss die Tür, wandte sich noch einmal um und sagte: „Da ist was im Busch. Ich sag's Euch!"

6

In Frau Rückerts Büro brannte abends so gut wie nie das Licht. Es kam vor, dass sie eine Überstunde machte; aber das war selten. Es konnte sein, dass, wenn der Kirchenvorstand tagte, irgendetwas aus dem Büro gebraucht wurde; dann ging jemand und holte es. Aber normalerweise lag der Raum in himmlischer, dunkler Stille.

Am Sonnabend Abend war das anders. Am späten Abend. Da drehte sich ein Schlüssel in der Tür, das Licht ging an, und aus dem Schlüsselkasten im Schrank wurde ein Schlüssel entnommen. Kurz darauf wurde das Licht wieder gelöscht.

Einige Sekunden später drehte sich erneut ein Schlüssel, in einer anderen Tür. In der Bürotür der Pastorin. Jemand betrat den Raum, schloss schnell die Tür hinter sich, schaltete aber nicht das Licht an, sondern nur eine winzige Taschenlampe. So eine, wie man sie am Schlüsselbund trägt für den Fall der Fälle.

Der schwache Lichtstrahl begann zögernd den Raum abzutasten. Er glitt über den Schreibtisch, den

Schrank, das Bücherregal. Blieb hier stehen und dort, zuckte hin und zuckte her. Nach einer Weile hielt er inne und begann seine Wanderung von neuem. Diesmal nahm er sich mehr Zeit. War aufmerksamer. Wenn er meinte, etwas gefunden zu haben, das ihn interessieren könnte, blieb er länger stehen. Aber nach einiger Zeit setzte er seinen Weg jedes Mal wieder fort. Endlich jedoch biss er sich in einigen Briefablagen fest, die Broschüren, Post, Hefte und ähnliches enthielten. Und dann kam ihm eine Hand zu Hilfe. Sie zog die Ablagen ein paar Zentimeter nach vorn und untersuchte ihren Inhalt genauer. Eine nach der anderen. Aber auch dieser Suche war kein Erfolg beschieden. Also tastete sich das Lämpchen weiter vor. Traf auf die Schranktür. Und wieder kam die Hand dazu. Öffnete die Tür und verfolgte aufmerksam den Lichtstrahl, der durch den Schrank irrte. Offenbar wieder ohne Erfolg.

Schließlich ließ er sich auf den Schubladen des Schreibtisches nieder. Wartete, bis die Hand die oberste öffnete, dann die zweite, zum Schluss die unterste. Die unterste schien eine Art Kramladen zu sein: ein Kaffeebecher, Müsliriegel, eine Tüte mit Hustenbonbons, eine Galerie Kosmetikartikel, Kopfschmerztabletten, ein bisschen Silbergeld, Briefe. Auf den Briefen blieb das Licht stehen. Die Hand erschien wieder, blätterte die Briefe mit Zeige- und Mittelfinger durch. Bis sie in einem der Umschläge so etwas wie Pappe fühlte. Die zog sie vorsichtig heraus.

Es war ein Foto. Darauf waren Tannen zu sehen; ein Wald, wie es aussah. Und neben einem Baumstamm ein lachender Mann.

Der schwache Lichtkegel fuhr näher heran, nahm ihn ins Visier. Holte sein Gesicht hervor. Blieb eine lange Zeit darauf gerichtet, minutenlang, bevor die Hand das Foto umdrehte und das Licht auf seine Rückseite fiel. ‚Johannes' stand da, mit der Hand geschrieben. Und darunter ein Datum. Ein Tag, der etwa ein halbes Jahr zurück lag.

Dann wurde das Foto wieder zurück geschoben in den Umschlag, die Schublade geschlossen, die Tür geschlossen, der Schlüssel zurück gebracht in den Schlüsselkasten in Frau Rückerts Büro.

Und dann lag das Büro, wie fast immer, in himmlischer, dunkler Stille.

7

Sonntag. Einer der ersten Frühlingstage. Gemeindeglieder, die den Gottesdienst besuchen wollten, standen in Grüppchen in der Grünen Hölle und plauschten miteinander. Die güldne Sonne hatte ein herzerquickendes, liebliches Licht über die große Grünfläche gebreitet und strahlte ihre Wärme in vergnügte Gesichter. Niemand mochte früher als nötig die Kirche betreten, aus deren Mauern noch immer die Überbleibsel der winterlichen Kälte drangen.

Lisa und Jan waren schon sehr früh gekommen. Jan, dessen letzter Gottesdienst-Besuch schon Jahre zurücklag, fühlte sich ein wenig unsicher, und so hatten sich die beiden ein Plätzchen direkt neben der Buchenhecke gesucht, wo sie ungestört bis zum Beginn des Gottesdienstes warten wollten. Von dort aus konnten sie einen großen Teil der Grünen Hölle übersehen, ohne selbst angesprochen zu werden.

Nach und nach erschienen immer mehr Gottesdienst-Besucher. An einige konnte Lisa sich aus früherer Zeit noch erinnern. Sie freute sich, wenn sie jemanden wieder erkannte, und sie versorgte Jan mit Geschichtchen und Anekdoten.

Um fünf vor zehn läuteten die Glocken.

Heike Osterweil, die Pastorin, erwartete ihre Schäfchen mittlerweile am Eingang zur Kirche. Doch sie begrüßte sie nicht so herzlich und gut aufgelegt wie sonst. Irgendetwas stimmte nicht mit ihr, das blieb nicht von allen unbemerkt. Ihre Predigt klang zurückhaltender als gewohnt, weniger engagiert, kraftloser. Viele, die sich darauf gefreut hatten und im Stillen auf eine neue, kleine Provokation gehofft hatten, waren enttäuscht.

Als Gert Winter, Kirchenvorstand, ihr später am Ausgang die Hand schüttelte, gab sie sich einen Ruck: sie trat nah an ihn heran und bat ihn mit leiser Stimme um ein Gespräch unter vier Augen. Wann? Wenn möglich gleich! In ihrem Büro.

„Kommen Sie nicht ins Kirchencafé?"

„Heute nicht."

„Gut." Herr Winter nickte mit dem Kopf. „In fünf Minuten."

Er ging kurz hinüber zum Kirchencafé, das bei dem sonnigen Wetter aus dem Gemeindesaal ins Freie, in die Grüne Hölle, verlegt worden war. Schüttelte Hände, machte ein paar Witzchen, ließ sich von Inge einen Kaffee einschenken und begab sich dann

64

mit dem Becher in der Hand ins Büro der Pastorin.

„Frau Osterweil … Darf ich?" Er setzte sich in einen der beiden Sessel an dem mit Glasmosaiken geschmückten Nierentischchen.

„Danke, dass Sie so schnell kommen."

„Aber das ist doch selbstverständlich. Wo brennt's denn?"

Die Pastorin zuckte zusammen bei dieser so jovial gestellten Frage, die gar nicht zu dem passte, was sie ansprechen wollte. Aber sie hatte sich vorgenommen, sofort und ohne weitere Vorbemerkungen zu sagen, was sie sagen musste.

„Was ich Ihnen mitteilen muss, wird Sie nicht erfreuen, Herr Winter."

Sie kommt aber schnell zur Sache, dachte er. Noch schneller als sonst. Wahrscheinlich wieder die Geschichte mit dem Fleisch! Da hat es doch einen schönen Kompromiss gegeben. Was will sie denn nun noch?

„Wird schon nicht so schlimm sein!", entgegnete er, „schießen Sie los!" Und legte das rechte Bein über sein linkes.

„Ich will mich von meinem Mann trennen."

Sie zitterte, als sie das gesagt hatte. Sie schaute Herrn Winter nicht an. Registrierte im Unterbewusstsein, dass er das rechte Bein langsam wieder zurücknahm und sich im Sessel aufrichtete.

„Sie trennen sich von Ihrem Mann?"

Etwas Dümmeres hätte er kaum fragen können. Aber in diesem Augenblick? So unvorbereitet, wie ihn der kurze Satz getroffen hat? ‚Ich will mich von meinem Mann trennen.' Der Vorstand war erfahren genug um sofort zu überschauen, was das bedeutete. Wenn die Pastorin das ernst meinte, würde das für Unruhe sorgen in der Gemeinde. Ach was, einen Sturm würde das auslösen. Da würde es die geben, die lautlos in die Hände klatschen, weil sie hofften, dass sie die anstrengende Pastorin wieder loswürden. Und die, die sie mit allen Mitteln halten wollten. Er sah sie schon vor sich, die Frau Runde, die Inge, Herrn Meiler und die anderen, die wie die Hühner herumgackern würden, wenn sie davon erführen. Und er selbst? Was wollte er? Unauffällig steckte er sich ein ‚Gumsters' in den Mund.

„Ja." Die Pastorin, die bisher vermieden hatte, Herrn Winter direkt anzusehen, suchte seinen Blick. „Ja, ich muss", sagte sie so leise, dass ihre Stimme kaum zu hören war. „Ich will es nicht, aber ich muss."

Herr Winter verstand das nicht so recht. Was konnte sie zwingen, wenn sie es nicht wollte? Was sollte sie hindern, so weiter zu leben wie bisher? Mit Mann und Kindern und in einer guten Position? An ihrem Mann konnte es doch nicht liegen. Er war attraktiv, er verdiente gut, sehr gut, und wenn er zu Hause war, kümmerte er sich doch rührend um die Kinder. Das sagten alle. Ja, sicher, er war oft unterwegs, aber die junge Frau Osterweil hatte doch eine Putzfrau. Und beide Kinder waren gut aufgehoben in der Kita.

Er suchte nach Worten, der Herr Winter. Guckte auf die Uhr; seine Frau hatte ihn gebeten, pünktlich zum Mittagessen zu erscheinen. Aber er musste doch etwas sagen; er konnte sich doch nicht einfach so wegstehlen!

„Darf ich fragen, warum? Das kommt ein bisschen überraschend für mich, verstehen Sie?"

„Es liegt nicht an meinem Mann, es liegt an mir. Ich habe jemanden kennengelernt."

‚Kennengelernt'? Herr Winter stieß sich an dem Wort. ‚Kennengelernt'!

„Vor einem halben Jahr schon. Ich wollte es nicht. Ich weiß ja, was das bedeutet. Ich hätte nie gedacht, dass so etwas passiert. Aber ich habe einen Mann getroffen, mit dem ich leben möchte. Ich bin mir ganz sicher."

„Und Ihr Mann?" Herr Winter spürte die Erleichterung darüber, dass es nun weiterging. Aber in seiner Frage lag mehr. ‚Empörung' wäre viel zuviel gesagt; er kannte Herrn Osterweil ja kaum. Aber Befremden. Ja, ein leichtes Befremden, so sagt man doch. Und eine gewisse Solidarität mit Herrn Osterweil.

„Mein Mann weiß natürlich Bescheid. Er möchte keine Trennung."

„Und die Kinder? Haben Sie an Hanna und Noah gedacht?"

„Natürlich." Sie stockte. Schluckte. Was sollte diese blöde Frage? Sie wehrte sich gegen Gefühle, die sie jetzt, in diesem Augenblick, nicht zulassen wollte. „Ich weiß. Aber ... Es geht nicht anders. Wir finden schon etwas."

Herr Winter dachte wieder an seine Frau und das Mittagessen, aber ihm war klar, dass er jetzt nicht so einfach weg konnte. Und neugierig war er nun auch. Er wollte mehr wissen.

„Ist der Mann, den Sie kennengelernt haben, denn hier aus unserer Gemeinde?"

Heike Osterweil verschlug es ein bisschen die Sprache; diese Frage war doch sehr intim! Aber da sie sich einmal entschlossen hatte, über ihre Situation zu sprechen und kein langes Geheimnis daraus zu machen, gab sie ohne zu zögern eine Antwort.

„Nein. Er war nur einmal hier vor einem halben Jahr, als er einen Vortrag gehalten hat. Er lebt ganz woanders."

„Aha!"

Wieder so eine kurze, dumme Bemerkung, die überhaupt nicht hierhin passte. Dabei ahnte Herr Winter, was in der Pastorin vorging. Er sah ja, was für ein jämmerliches Häufchen Mensch ihm da gegenüber saß. Wie sie sich innerlich wand und infrage stellte. Eine Frau, die bisher immer wusste, wie es weitergehen sollte. Die viel gefordert hat, aber auch vieles hinnehmen musste, wenn sie mit ihren Vorschlägen und Plänen nicht auf Gegenliebe stieß. Auf einmal tat sie ihm leid. Andererseits: wie sollte es weitergehen? Natürlich musste man die Frage stellen, ob die Pastorin unter diesen Umständen noch in der Gemeinde bleiben konnte.

„Herr Winter, da ist noch etwas."

Heike Osterweil wischte sich die Augen, steckte das Taschentuch in ihre Handtasche und schaute Herrn Winter entschlossen an.

„Ja?"

„Ich habe erst einmal Sie als Gemeindevorstand informieren wollen. Die einzige, die außer Ihnen Bescheid weiß, ist Frau Rückert. Sie war es auch, die mich gebeten hat, mit Ihnen zu sprechen."

„Und wie soll es nun weitergehen?"

Herr Winter erhob sich aus seinem Sessel. Die Pastorin stand ebenfalls sofort auf. Sie versuchte, in seinem Blick irgendetwas zu erkennen, das ihr Trost oder Zuversicht oder Hilfe versprechendes signalisierte.

„Ich wollte Sie bitten, zunächst einmal mit niemandem darüber zu sprechen. Mein Mann und ich brauchen jetzt etwas Zeit."

„Selbstverständlich", versicherte ihr der Vorstand, „selbstverständlich!" Er wollte sich schon verabschieden, doch die Pastorin hatte noch etwas.

„Wenn Sie es für richtig halten, Herr Winter, bitte ich den Probst um meine Versetzung in eine andere Gemeinde."

Herr Winter überlegte, schüttelte dann aber den Kopf. Nein, so schnell durfte hier nicht entschieden werden, abgesehen davon, dass er auch gar nicht gewusst hätte, wie er diesen Vorschlag einzuschätzen hatte. Vielleicht ließe sich die ganze Sache doch noch in den Griff kriegen. Irgendwie anders. Ohne, dass die Pferde durchgingen.

„Damit warten Sie bitte noch etwas", sagte er also und schüttelte ihr die Hand.

„Ach ja, Herr Winter, und was ich Ihnen noch sagen wollte: da war jemand an meinem Büroschrank."

„An Ihrem Büroschrank?"

„Ja, obwohl mein Büro wie immer abgeschlossen war. Ich bin ganz sicher. Aber es fehlt nichts. Ich wollte Ihnen das nur sagen."

Herr Winter schüttelte etwas verständnislos den Kopf und machte sich ohne Umwege auf den Weg nach Hause. Seine Frau würde etwas Gutes gekocht haben.

8

Etwa um dieselbe Zeit saßen Lisa, ihre Eltern und ihr Verlobter bereits bei Tisch. Julia und Ernst Anlass hatten die beiden jungen Leute eingeladen und ein Essen vorbereitet, das weder zu aufwendig noch zu alltäglich sein sollte. „Er soll sich wie ein besonderer Gast fühlen, aber nicht von irgendeiner Etikette erschlagen werden", hatte Frau Anlass gesagt; ihr Mann hatte Zustimmung genickt.

Während der Suppe war Jan sehr schweigsam. Er war nicht zum ersten Mal in Lisas Elternhaus, aber ‚wie zu Hause' bewegte er sich dort noch nicht, obwohl er immer wieder dazu aufgefordert worden war. Er achtete darauf, nichts Falsches zu sagen und sich auch nicht voreilig ins Gespräch zu mischen. Stimmte gern und freundlich zu, wenn seine Schwiegereltern in spe etwas anmerkten und schickte hin und wieder ein Unterstützung suchendes Lächeln zu Lisa. Seine Schwiegereltern hatten ihm bereits vor einiger Zeit das ‚Du' angeboten, aber es fiel ihm noch schwer, sie bei ihren Vornamen zu nennen und das

‚Du' zu gebrauchen, und auch deshalb vermied er jede persönliche Ansprache.

Erst gegen Ende des Hauptganges - es gab ein Kartoffel-Broccoli-Gratin in Curry-Sahne mit einem köstlichen Gorgonzola überbacken - nahm das Gespräch mehr Natürlichkeit an.

„Für Lisa ist es sehr wichtig, dass ihr kirchlich heiratet", hatte Julia Anlass die bis dahin etwas oberflächliche, bemühte Unterhaltung beendet. „Und dass ihr das in einem normalen Gottesdienst tun wollt, gefällt mir. Eine Hochzeit ist ja etwas Einmaliges im Leben. Sollte es zumindest sein. Und die Kirche hat da doch immer noch eine ganz andere Bedeutung als das Standesamt. Ich finde es auch schön, wenn alle, die es wollen, dabei sein und sich darüber freuen können."

„Ja, und wie ich von meiner Tochter erfahren habe, habt ihr auch schon ein detailliertes Gespräch mit der Pastorin gehabt, mit Frau ..." - Ernst Anlass tippte mit den drei mittleren Fingern seiner rechten Hand auf die Tischplatte und schaute Lisa hilfesuchend an - „Osterweil" - „ja, mit Frau Osterweil. War das ein gutes Gespräch, Jan?"

Jan fühlte sie wie hinterrücks von einem Pfeil getroffen. Er hatte nicht damit gerechnet, direkt angesprochen zu werden. Und das bei seinem Vornamen! Es war noch sehr ungewohnt, ihn aus dem Mund seines künftigen Schwiegervaters zu hören, dem gegenüber er sich immer noch fremd fühlte. Und dazu diese kurze, messerscharfe Frage: ‚War das ein gutes Gespräch?‘ Hatte Lisa ihren Eltern davon erzählt? Hatte sie vielleicht auch erwähnt, dass er mit der Formel ‚Bis dass der Tod euch scheidet‘ nicht unbedingt einverstanden war?

Es war ihm unangenehm, dass er gerade in diesem Augenblick den Mund ziemlich voll hatte. Doch es gelang ihm trotzdem, seinen Schwiegervater kurz anzulächeln und mit dem Finger anzuzeigen, dass er erst einmal zu Ende kauen musste, bevor er antworten konnte. Lisa war erleichtert über diese selbstverständliche, natürliche Reaktion; sie strahlte Jan an. Der fühlte sich bestärkt und tupfte sich die Lippen mit der Tuchserviette ab.

„Doch“, sagte er dann, „es war ein gutes Gespräch. Kennen Sie Frau Osterweil?“

„Ernst!“, entgegnete Herr Anlass, „ich heiße Ernst. Wir haben doch vereinbart, ‚du‘ zueinander zu sagen.“

Jan wartete darauf, dass ihm das Blut in den Kopf schießen und er rot werden würde, aber das geschah nicht. Er wurde mutig.

„Gut, Ernst!“ Er musste sich räuspern und lächelte noch einmal, diesmal schon etwas selbstbewusster.

„‚Kennen‘ kann man das nicht unbedingt nennen“,

74

kam Herr Anlass auf die Frage zurück. „Ich habe sie einige Male predigen gehört, und im letzten Sommer hat sie in meiner Schule einen Gottesdienst für die Schulanfänger gehalten. Das hat sie sehr ordentlich gemacht. Ansonsten…", Herr Anlass schien über eine Formulierung nachzudenken, „ansonsten handelt es sich um eine etwas ungewöhnlichere Frau, findest du nicht auch?"

War das eine Prüfung? Jan versuchte kurz, eine Reaktion bei Lisa und ihrer Mutter auszumachen, aber die schienen sich aufs Zuhören beschränken zu wollen.

„Meinen Sie - Entschuldigung! - meinst du die ‚fleischfreie' Gemeinde?"

Jan hatte seinem Schwiegervater noch nie eine direkte Frage gestellt. Jetzt war es passiert, und es fühlte sich gut an.

„‚Fleischfreie' Gemeinde? Eine schöne Formulierung, die ich so noch nicht gehört habe. Soviel ich weiß, hat sich der Gemeinderat darauf geeinigt, ab sofort nur noch Biofleisch anzubieten."

„Woher weißt du das denn?" Lisa war überrascht.

„Mein liebes Näschen, als Schulrektor hat man, wie du sicher weißt, einen großen Einzugsbereich."

Lisa mochte es nicht, wenn ihr Vater sie ‚Näschen' nannte. Es mochte ja zärtlich gemeint sein, aber er tat es immer dann, wenn er sie necken oder seine Verwunderung darüber zum Ausdruck bringen wollte, dass Lisa etwas nicht wusste oder nicht sofort verstand. Es klang ein bisschen ‚von oben herab'. Dass das ‚Näschen' auf Lisas kleine, spitze Nase zurückging, das störte sie jetzt nicht mehr. Früher hatte sie das verletzt, weil sie es als eine körperliche Unvollkommenheit empfunden hatte, doch ihr Selbstbewusstsein war inzwischen stark genug, sich keine Gedanken mehr darüber zu machen.

„Aber das ist doch eine gute Idee mit der fleischfreien Gemeinde!", warf Julia Anlass ein, „das ist doch nicht so absurd! Und deswegen kann man doch noch lange nicht sagen, dass die Pastorin eine ungewöhnliche Frau ist, oder?"

„Nein, selbstverständlich nicht. Ich meine das auch gar nicht negativ. Persönlich habe ich sie ja kaum kennengelernt bisher. Ich kann nur nach dem urteilen, was die Eltern meiner Schüler berichten."

„Ja, stimmt, sie macht Hausbesuche, hab ich gehört. Die Grunewald von gegenüber hat mir davon erzählt. Die war ganz begeistert. Und das ist keine, die sich allzu leicht um den Finger wickeln lässt. ‚Sowas hab ich noch nie erlebt', hat sie gesagt, ‚und ich bin jetzt schon ne halbe Ewigkeit in der Gemeinde. Die hat sich richtig Zeit genommen.'"

76

Ernst Anlass winkte ab.

„Mag sein. Aber die Meinungen gehen da offenbar ein bisschen auseinander."

„Wobei denn?"

„Zum Beispiel, was die Gottesdienste anbelangt. Da soll sie sich manchmal ein wenig - sagen wir mal - ereifern."

„Aber das tut sie mit Recht!", sagte Lisa. „Sie ist umweltpolitisch engagiert, und das muss sie als Pastorin ja auch, finde ich. Wir müssen die Schöpfung bewahren, das ist ihr wichtig. Das ist kein Spruch für sie. Und das findest du doch auch, oder?"

Die kleine Belehrung schien ihrem Vater nicht unbedingt zu gefallen. Jedenfalls wollte er auf die rhetorisch gemeinte Frage nicht antworten. Was für Jan, so glaubte er, die Chance war, ihm ein wenig zur Seite zu springen.

„Ich muss deinem Vater recht geben, Lisa, was das ‚ungewöhnlich' anbelangt. Denk doch nur an das Trauversprechen, das sie vorgeschlagen hat. Was genau soll ich tun? Ich soll dich lieben und ehren …"

„ …in guten und in bösen Tagen, bis der Tod euch -uns!- scheidet."

„Ja, und mit Gottes Hilfe. Das soll ich sagen."

„Nein, das musst du nicht! Niemand verlangt das. Heike hat das nur ins Gespräch gebracht. Aber das würde sie doch niemals von uns verlangen."

Betretene Stille.

„Ich hol uns mal den Nachtisch." Julia Anlass stand auf und ging in die Küche. Lisa hinterher. Ihr Vater wartete, bis sie beide verschwunden waren, dann wandte er sich an Jan.

„Was hast du dagegen, meiner Lisa so ein Versprechen zu geben?"

Was er bisher nicht für möglich gehalten hätte, war plötzlich eingetreten: Jan genoss es, mit seinem Schwiegervater allein zu sein. Er hatte die Möglichkeit, ernsthaft mit ihm zu sprechen. Kein gut erzogener small talk mehr, sondern eine Chance, sich näher zu kommen.

„Natürlich würde ich Lisa das Versprechen geben. Lieber heute als morgen! Aber ich weiß nicht, ob ich das wirklich halten kann: ‚bis dass der Tod euch scheidet'! Das gilt doch genauso für Lisa. Niemand kann wissen, was passiert."

„Du meinst es ganz streng auf die Formulierung bezogen, nicht wahr? Dass du sie lieben und ehren willst, solange du es kannst, am liebsten bis zum Tod. Aber als Schwur, an den du fest gebunden bist, kannst du es nicht akzeptieren. Meinst du das?"

„Ja, genau so. Das ändert aber nichts an meiner Überzeugung und festen Absicht, dass ich Lisa lieben und immer mit ihr leben will. Jedenfalls vom heutigen Standpunkt aus gesehen."

Ernst Anlass verstand, wie sein künftiger Schwiegersohn dachte. Es lief hinaus auf die so schwer fassbare Grenze zwischen Glauben und Wissen. Einerseits Vertrauen und Hoffen auf das Gute, doch zugleich die Sorge, dass die Wirklichkeit ganz anders sein kann. War es das, was Christen von Nicht-Christen trennt?

„Würdest du dich als Christ bezeichnen?", fragte er Jan. Der ließ sich Zeit. Er spürte, dass sein Schwiegervater ihn ernst nahm, und er wollte nicht unüberlegt antworten.

„Gibt es Überzeugungen, die gläubige Menschen grundsätzlich trennen von denen, die nicht glauben können? Abgesehen von der Sicherheit der einen, die an Gott glauben, während die anderen das nicht tun? Ich bin überzeugt davon, dass es einen Humanismus gibt, der für alle Religionen gilt. Eine grundsätzliche Empathie für den Menschen. Den Glauben daran, dass es bestimmter Regeln bedarf, um ein Zusammenleben zu ermöglichen. Die zehn Gebote, die wir Christen haben - jetzt sage ich schon ‚wir' -, die gibt es doch in anderer Form bei den Juden, bei den Muslimen, bei den Buddhisten, sogar bei vielen Animisten. Das ist doch nichts anderes als die Summe der Erfahrungen, die alle Menschen, egal in welchem Teil der Welt, über viele Jahrtausende hin gemacht haben."

Jan unterbrach sich selbst für einen Augenblick, aber Herr Anlass forderte ihm mit einem Kopfnicken auf, weiter zu reden.

„Es ist, glaube ich, grundsätzlich dieselbe Ethik, die wir alle haben. Da unterscheidet uns nicht viel. Nur, dass die einen glauben wollen, weil sie sich darin gut aufgehoben und geschützt fühlen. Und die anderen wollen sich genau dem nicht überlassen, weil sie meinen, die Kontrolle über etwas zu verlieren. Sie scheuen sich davor oder finden es fragwürdig, sich etwas Unerklärbarem zu überlassen."

„Gehören wir, du und ich, zu diesen Letzteren?" Beide dachten kurz darüber nach, eine Antwort darauf gab aber keiner von beiden.

„Meine Lisa, die ja bald deine ist", Herr Anlass sagte das nicht ohne Wehmut, aber mit spürbarem Vertrauen Jan gegenüber, „gehört wohl zu denen, die sich aufgehoben und geschützt fühlen möchten. Das heißt nicht, dass meine Frau und ich sie in einem tiefen christlichen Glauben erzogen haben. Und sie ist auch keineswegs naiv oder ideologisch leicht verführbar. Aber seit sie aus dem Studium zurück ist, denkt sie offenbar viel darüber nach. Vielleicht hängt das auch ein bisschen mit dieser Frau Osterweil zusammen, die sie sehr schätzt."

„Ja, die scheint nicht so hundertprozentig auf Kirchen-Linie zu liegen", sagte Jan.

„Wie meinst du das?"

„Ich muss da ein bisschen vorsichtig sein, weil ich selbst nicht allzuviel Erfahrungen mit der Kirche gemacht habe. Aber was ich so von anderen höre …"

„Ja?"

„Naja, diese kleinen Spielchen, die da manchmal gemacht werden. Die macht Frau Osterweil ja nicht. Zum Beispiel, dass jeder sich einen kleinen Stein nehmen und ihn mit einem heimlichen Wunsch auf den Altar legen soll. Vor ein paar Wochen hab ich das gleich zweimal gehört, von ganz verschiedenen Freunden aus ganz verschiedenen Gemeinden. Da hatte ich kurz die Idee, dass irgendwo in der Kirchen-verwaltung jemand sitzt, der sich so etwas ausdenkt und dann an alle Gemeinden weitergibt. So einen Art zentraler Ideen-Pool, wenn du verstehst, was ich damit meine."

Ernst Anlass musste lachen. Und die beiden Frauen, die in diesem Augenblick mit dem Nachtisch das Zimmer betraten, spürten sofort die unerwartete Übereinstimmung zwischen Ernst und Jan. Aber ihre Reaktionen waren verschieden. Lisas Mutter war froh, dass ‚die Männer' sich zu verstehen schienen. Lisa dagegen ahnte, dass ihr Vater Jan unterstützte, was dessen Skepsis in Sachen Kirche und Trauversprechen betraf.

„Rote Grütze mit Sahne", kündigte die Mutter an, was jeder längst gesehen hatte, und schob Jan die Schüssel mit den Beeren zu. „Bitte!"

Eine Zeit lang waren sie nun alle mit der Grütze beschäftigt. Bekannten mit ihren laut geäußerten ‚Ahs' und ‚Ohs', dass sie mit nichts anderem beschäftigt waren als mit dem Nachtisch. Bis Frau Anlass, die zuerst damit fertig war, weil sie ihn als Köchin nicht in aller Ruhe genießen konnte, den Löffel in die leere Schale zurücklegte. Und ohne weitere Vorbereitung eine Frage stellte, die alle verblüffte.

„Wofür braucht man eigentlich den Glauben? Lebt man nicht genauso gut ohne ihn?"

„Mama! Wie kommst du denn auf sowas?" Lisa war überrascht.

„Weil ich selbst die Erfahrung mache. Ich kann nicht glauben, ich zweifele daran. Das ist so!"

Jan staunte.

„Das kann ich für mich bestätigen", sagte Ernst. „Ich hätte nichts dagegen, an einen Gott zu glauben. Aber wie macht man das?"

„Papa!"

„Das meine ich ernst: wie macht man das? Darüber habe ich schon sehr oft nachgedacht."

82

„Das heißt, du zweifelst auch? Genau wie Mama?"

Ernst Anlass überlegte kurz. Er wollte nicht unbedacht in eine Falle rennen, das konnte er sich als Rektor einer Schule nicht leisten.

„Ja, ich zweifele. Genau wie deine Mutter."

„Aber wenn ihr zweifelt und fragt, wie man das macht: glauben, dann heißt das doch mit anderen Worten, dass ihr es a priori gar nicht ablehnen könnt. Wenn ihr nicht wisst, wie man glaubt, heißt es außerdem, dass ihr gar nicht wissen könnt, ob man mit oder ohne Glauben besser lebt. Ihr könnt es doch gar nicht vergleichen."

Lisa redete sich den Kopf heiß, und wenn es ihm nicht als kitschig und abgedroschen erschienen wäre, hätte Jan gerne geäußert, wie attraktiv sie in dem Zustand aussah.

„Im Prinzip hat du sicher recht", gestand Herr Anlass ein. Und musste gleichzeitig an die denken, die Sonntag für Sonntag in die Kirche gingen und wie eingefroren, still und stumm bis zum Segen auf ihrem Patz saßen, oft auf immer demselben, und sich bepredigen ließen. Glaubten die alle? Wussten die, wie man das macht?

„Was heißt ‚im Prinzip'?" Jetzt schien Lisa sich wirklich aufzuregen. „Natürlich habe ich recht, auch ohne Prinzip. Das ist eine Frage der Logik, auch wenn sie sich hier in einen ganz anderen Bereich tummelt. Du bist doch immer so für Logik und Sachlichkeit. Meinst Du etwa, der Glaube sei nicht logisch?"

Nach dieser Frage war es plötzlich ganz ruhig am Tisch. Lisas Eltern hatten ihre Tochter selten so erlebt, aber beiden gefiel es, wie sie sich zur Wehr setzte. Und Jan? Auch Jan hatte seine Lisa noch nie so streitbar gesehen. Ihm war nicht ganz klar, was er davon halten sollte. Erst einmal bewunderte er sie.

„Wer möchte einen Espresso?"

Alle! Alle wollten sie einen.

9

Am Sonntagabend lag das Gemeindehaus wie ausgestorben. Auf dem Weg in ihr Büro fiel der Pastorin allerdings auf, dass das Kontrolllämpchen der Spülmaschine noch leuchtete. Sie schaltete es aus und öffnete die Maschine; das Geschirr war kalt. ,Wahrscheinlich noch vom Kirchencafé", dachte sie und räumte die Maschine schnell aus.

Später, in ihrem Büro, entdeckte sie sofort das Notizheft, das sie gesucht hatte. Es lag mitten auf dem Schreibtisch; sie hatte es wohl vor dem Gottesdienst am Morgen dort liegen gelassen. Sie nahm es an sich, hielt plötzlich inne, und ohne es geplant zu haben, ohne irgendetwas Konkretes tun zu wollen, setzte sie sich. Nur so. Ein paar Minuten allein, ging es ihr durch den Kopf, ein paar Minuten nur. Die Kinder schliefen schon; ihr Mann wollte ihnen noch etwas vorlesen und war jetzt wohl dabei, seine Unterlagen für die nächsten Tage in München zusammenzustellen.

Eine weitere Woche ohne ihren Mann! Sie war sich unschlüssig, ob sie diesen Aufschub wirklich haben wollte. 5 Tage ohne die quälende Diskussion, die sie beide seit Wochen führten: das wäre eine Ruhepause. Einerseits. Aber es wären auch 5 weitere Tage ohne eine Klärung. Sie beide waren längst erschöpft von den endlosen Gesprächen, von den Vorwürfen, vom Weinen; sie mussten endlich einen Weg finden, ohne zu große Verletzungen auseinander zu gehen.

Wenn sie sah, wie Bernd, ihr Mann, unter der Situation litt, wenn sie seine Hilflosigkeit und Trauer sah, dann fragte sie sich immer neu, ob es wirklich richtig war, sich von ihm zu trennen? Dann sah sie Bilder von vielen glücklichen Augenblicken vor sich, die sie gemeinsam erlebt hatten. Sie erinnerte sich daran, wie zärtlich er oft war, welche Gefühle er ihr offenbart hatte. Das schmerzte sie unsäglich. Und dann fühlte sie einen tiefen Riss in ihrem Inneren, wenn sie gleichzeitig daran dachte, wie verhärtet er geworden war, seit sie Johannes vor einem halben Jahr kennengelernt hatte. Welche Stimmungen, welche Beschimpfungen sie hatte ertragen müssen.

Das war das eine. Und das andere, fast noch schwierigere: Was sollte mit den Kindern geschehen? Noah war erst vier, Hanna erst zwei. Beide hingen an ihr, der Mutter. Aber wenn Bernd nach Hause kam, abends oder nach mehreren Tagen, die er unterwegs gewesen war, dann konnten sie sich vor Freude kaum lassen. Dennoch konnte sie sich nicht vorstellen, dass sie eine Woche bei ihm und die andere bei ihr verbringen sollten. Das wäre unzumutbar für die Kinder. Dass Bernd die Kinder nimmt, das wäre ja auch unmöglich; das würde seine Arbeit gar nicht zulassen. Ausgeschlossen! Und sie? Irgendwie würde sie es schon hinkriegen, wenn sie hier im Detail auch nicht weiterdenken durfte.

Wie oft hatte sie sich diese Fragen schon gestellt. Und wie oft hatte sie sich gesagt, dass sie auf Johannes verzichten müsse. Alles wäre viel einfacher, wenn sie ihr Leben fortsetzen würde wie bisher. Bernd war doch ein guter Mann, sie hatte ihn wirklich geliebt. Er war ein kreativer Architekt, der Erfolg hatte. Er sorgte für seine Familie. Er war ein guter Vater, wenn er zu Hause war. Dass er oft müde zurückkam von seinen Reisen und, wenn die Kinder im Bett waren, mehr oder weniger stumm vor seinem Wein saß und am Wochenende nichts unternehmen wollte, das durfte sie ihm nicht übelnehmen. Er war schließlich mehr als 20 Jahre älter als sie, fast 25. Und auch 25 Jahre älter als Johannes. Johannes, den sie bei seinem Gastvortrag in der Gemeinde kennengelernt hatte. Über fairen Handel. Und sie hatte ihn bewundert, weil er ihr so engagiert erschien und jugendlich und gleichzeitig sicher und seriös in seinem Auftreten.

Und das Strahlen in seinem Gesicht und sein wilder Haarschopf! Dass er nicht verheiratet war, darüber wunderte sie sich immer noch.

Sie gab sich einen Ruck. Wenn dieser Abend und der Vortrag nicht gewesen wären, hätte sie Johannes vermutlich nie getroffen. Vielleicht wäre es gut, so zu denken. Dann wäre die ganze Quälerei vom Tisch. Und vielleicht wäre es doch noch möglich, einiges in ihrer Ehe zu verändern. Auch, wenn sie bei Bernd nicht mehr die wunderbare Aufregung in sich spürte wie jetzt bei Johannes. Aber war das ein Wunder nach mehreren Jahren Ehe und Alltag?

Wenn sie dann wieder an Johannes dachte, dann stellte sich das Bild schnell auf den Kopf. Dann wollte sie nur noch weglaufen vor dem Jetzt. Dann dachte sie daran, was ihr dieser Mann geben könnte. Sie war nicht so naiv, dass sie an ein ungetrübtes Glück glaubte. Aber sie war sich sicher, dass sie mit ihm mehr Gemeinsamkeit gestalten könnte. Er dachte so ähnlich wie sie. Und als Vater könnte sie sich ihn auch vorstellen. Er würde mehr unternehmen mit den Kindern. Er war sportlich. Sie konnte ihn sich vorstellen mit Hanna und Noah, wie er mit ihnen herumtollen und buchstäblich auf die Bäume klettern würde. Doch gleichzeitig war ihr klar, dass sie Bernd nicht zum Vorwurf machen durfte, dass er so viel älter war. Das hatte sie doch gewusst, als sie ihn geheiratet hatte.

Wenn sie gleich zurückgehen würde in ihre Wohnung, dann läge er wohl schon im Bett. Er hatte nie Probleme mit dem Einschlafen, auch in den letzten Wochen nicht, in denen sie, oft bis zur Erschöpfung, immer dieselben Gespräche geführt und Argumente vorgebracht hatten. Am Ende hatte nicht selten einer von ihnen geweint.

Und was würde mit ihrer Stellung hier in der Gemeinde, wenn es wirklich zu einer Trennung käme? Dann könnte sie doch nicht bleiben. Das wäre wie ein Spießrutenlaufen. Auch als Pastorin unterschied sie zwischen den Gemeindegliedern, von denen sie die meisten umgänglich und sympathisch fand, andere aber verschlossen und wenig nahbar, in zwei oder drei Fällen sogar böswillig, hinterhältig. Mit denen konnte sie normalerweise umgehen, jedoch nicht, wenn es zur Trennung von Bernd käme. Das war ihr klar. Dann hätten die so etwas wie eine ideelle Keule in der Hand. Sie waren nämlich, das konnte man nicht abstreiten, einigermaßen bibelfest, und sie würden sie gnadenlos mit entsprechenden Zitaten konfrontieren.

Als draußen ein Motorrad vorbei dröhnte, schreckte sie auf. Es war spät. Sie stand auf, und nach einer Weile setzte sie sich wieder. Wer war wohl in ihrem Büro gewesen, am Schrank? Irgendjemand musste ihn geöffnet haben, denn der Schlüssel steckte zwar, war aber nicht umgedreht, was sie nie zu tun vergaß. Und was hatte derjenige gewollt? Es musste ja auch jemand gewesen sein, der sich den Türschlüssel zu ihrem Büro besorgt hatte. Davon gab es nur zwei. Einen hatte sie, der andere hing im Schlüsselkasten bei Frau Rückert. Doch Frau Rückert selbst würde so etwas nie tun, da war sich die Pastorin ganz sicher.

Plötzlich fuhr ihr ein Schreck durch den ganzen Körper. Das Foto! Sie riss die unterste Schublade ihres Schreibtisches auf und griff mit zitternder Hand nach den Briefen, die dort lagen. Blätterte sie mit fliegenden Fingern durch. Doch, da war es! Heike fühlte, wie der Druck, der sich angesammelt hatte, ihren Kopf, ihren ganzen Körper verließ. Sie nahm das Foto und schaute es sich zum tausendsten Mal an. Die Tannen und Johannes, an einen Baumstamm gelehnt. Ihr erster heimlicher Ausflug. Sie erinnerte sich an die Skrupel, die sie gehabt hatte. Wie sie ihre Babysitterin an einem Nachmittag mitten in der Woche angerufen hatte; Bernd war beruflich unterwegs. Wie sie sich ins Auto gesetzt und zu dem kleinen Waldparkplatz gefahren war, den Johannes ihr genannt hatte.

Auf die Rückseite hatte er seinen Namen geschrieben. Die kindliche, etwas krakelige Schrift passte gar nicht zu ihm. Das „J" von Johannes brach eigenartig nach links aus.

Sie legte das Foto nicht zurück zwischen die Briefe, sondern steckte es in ihre Handtasche.

10

Am Montag traf sich der Seniorenkreis im Gemeindesaal. Bis auf Herrn Lange, ehemaliger Staatsanwalt, der die 90 längst überschritten hatte und als Witwer allein lebte, der aber messerscharf im Kopf und zackig zu Fuß war und fast so etwas wie die Galionsfigur des Kreises, bestand die Versammlung nur aus Frauen. Einige im fortgeschrittenen Rentenalter. Eine von ihnen war immer für mindestens zwei formidable Torten verantwortlich; backen konnten die Damen ja alle. Und zwei andere für die Vorbereitung des langgestreckten Kaffeetisches, für den mehrere Einzeltische zusammengeschoben und mit gestärkten, weißen Tischdecken versehen wurden. Und Blumen natürlich. Die Blumen stammten fast immer vom Altar in der Kirche, wo sie nach dem Gottesdienst am Sonntag niemand mehr gewürdigt hätte.

Herr Lange hatte seinen Stammplatz an einem der Kopfenden, die Pastorin saß am anderen. Zuerst hielt sie immer eine kurze Andacht. Dann wurden die ‚Geburtstagskinder' mit einem Lied und einem sorgsam in Geschenkpapier eingewickelten Büchlein geehrt, das die Pastorin persönlich ausgesucht hatte. Und dann brach das Geschnatter los.

Unbestrittener Mittelpunkt des Seniorenkreises war das ‚Geschwader‘: Drei Damen aus dem Waldemar Bonsels-Stift. Sie waren sich einig in ihrer Bewunderung für die junge Frau Pastorin, ‚die immer wusste, was sie wollte‘. Ohne zu fragen, hatten sie sie vom ersten Tag an ganz selbstverständlich mit ‚Du‘ und ‚Heike‘ angeredet, was die Pastorin amüsiert, aber nicht gestört hatte, denn sie spürte die natürliche Herzlichkeit der drei. Wortführerin des Geschwaders war Ilse, ‚in grauer Vorzeit‘ Floristin mit eigenem Geschäft. Die beiden anderen, Eva und Sigrid, hatten ‚zu ihrer Zeit‘ als Friseurinnen gearbeitet. Alle drei waren schon seit vielen Jahren verwitwet. „Das schwache Geschlecht sind die Männer!“, skandierten sie jedes Mal, wenn sich eine passende Gelegenheit bot, unisono. Dann, nach einer kurzen Pause, in der sich alle Anwesenden schon auf das laute Gelächter freuten, das gleich losbrechen würde, erhob sich Ilse, klopfte mit ihrem Löffel an die Kaffeetasse und sagte, gespielt zerknirscht wie zur Wiedergutmachung: „Leider mit frühem Verfallsdatum.“ Doch damit war das Vergnügen noch keineswegs zu Ende, denn mit abklingendem Gelächter erhob sich nun auch Herr

Lange von seinem Stuhl. Er wartete, bis es mucks-mäuschenstill war. Dann zog er den Gürtel seiner langen Hose hoch, die an seiner dürren Gestalt niemals einen zuverlässigen Halt fand, und mahnte mit erhobenem Zeigefinger und durchdringender Stimme: „Meine Damen, bitte bedenken Sie: es gibt Gegenbeweise!" Woraufhin das Gepruste, unvermeidlich, noch stürmischer über den Tisch fegte. Das war ein Ritual, das alle liebten, und das sie nie leid wurden.

Nicht jedes Mitglied im Seniorenkreis hatte das fröhliche Temperament des Geschwaders. Zu denen, die eher das Schlechte als das Gute sahen, gehörte Gerhild Runde. Wenn sie sich äußerte, handelte es sich meistens um eine kleine oder auch größere Spitze oder eine Klage, die sich auf irgendetwas im Gemeindeleben und auch darüber hinaus bezog, das ihr nicht gefiel. „Weißt du was", hatte Ilse einmal gesagt, als Gerhild wieder einmal irgendetwas besonders sauertöpfisch auszusetzen hatte, „wir sammeln jetzt mal ein paar Spenden und schicken dich für vier Wochen ins Rheinland. Da machst du mal 'ne Frohsinns-Kur!"

Zu den selbstverständlichen Aufgaben der Pastorin gehörte es, allen, auch in diesem Kreis, gleich freundlich zu begegnen und darauf zu achten, dass niemand ausgeschlossen wurde. Was Gerhild Runde anbetraf, war das nicht ganz einfach. Heike Osterweil wusste natürlich, dass Gerhild sie nicht zu ihren größten Freundinnen zählte. Sie hatte schnell herausbekommen, dass sie ihr mit ihren Ideen und Neuerungen ein Dorn im Auge war. Wie vor einer Woche, als sie im Gemeinderat die ‚fleischfreie Gemeinde‘ durchsetzen wollte. Gerhild hatte gar keine überzeugenden Argumente dagegen. Aber ihre Taktik, dennoch nicht locker zu lassen, sondern unaufhörlich in säuselndem Unschuldston zu jammern und mit unterdrückter Trauerstimme zu wehklagen, ging erneut auf. Niemand im Gemeinderat hatte Lust, sich das weiter anzuhören, und alle stimmten erleichtert zu, als ein Kompromiss vorgeschlagen wurde: nicht fleischfrei, aber nur noch Bio-Fleisch.

Als die Torten - es gab eine Mango- und eine Erdbeertorte - restlos verzehrt waren und das Geschwader das Geschirr in die Spülmaschine geräumt hatte, meldete sich Inge zu Wort.

„Wir wollten doch nochmal über das Gemeindefest sprechen.“

Jeder wusste sofort, wer mit ‚wir‘ gemeint war: Inge und Gerhild. Ähnlich wie die Damen des Geschwaders klebten auch die beiden fest aneinander. Allerdings mit dem feinen Unterschied, dass hier die Rollen ungleichmäßig verteilt waren: hier gab es eine, die den Ton vorgab.

„Es sind ja fast noch drei Monate bis dahin", sagte Inge, „aber in knapp zwei Wochen beginnen die Ferien, und es wäre gut, wenn wir bis dahin die Teams zusammengestellt haben."

Sie sprach zögerlich, ihre Stimme klang brüchig, verunsichert. Und ihr Blick ging immer wieder hinüber zu Gerhild, die jedoch nicht zufällig in eine andere Richtung guckte.

„Zum Beispiel das Catering-Team." Sie räusperte sich. „Also die Leute, die sich um das Essen und die Getränke kümmern. Die müssen ja auch noch besprechen, was wir anbieten wollen."

Als niemand direkt antwortete und das Schweigen andauerte und fast peinlich wurde, griff Heike Osterweil das Thema auf.

„Wenn ich mich richtig erinnere, hatten wir im vergangenen Jahr Kuchen, Salate, Fingerfood, Suppe …"

„ … und in der Grünen Hölle haben wir gegrillt", schloss Inge so schnell an, dass jeder sofort begriff: darauf kam es ihr an. Oder besser gesagt: ihrer Strippenzieherin, denn Inge war ja nur die Marionette. „Das Grillen könnte ich übernehmen. Mit Gerhild." Sie guckte unsicher zur Pastorin hinüber. „Die Würstchen waren doch lecker, letztes Jahr. Und wenn wir wieder 300 Stück kaufen, kriegen wir sie erheblich billiger."

Das hätte sie nicht mehr sagen müssen, denn Heike Osterweil hatte längst begriffen, wohin der Hase laufen sollte.

„Ich wüsste nicht, was dagegen spricht", sagte sie. „Von mir aus können Sie das gerne übernehmen."

Inge schnappte kurz nach Luft; sie war sichtlich überrascht, dass sie mit ihrem Vorschlag Erfolg zu haben schien. Sie schielte kurz zu Gerhild hinüber, um sich ein Lob zunicken zu lassen. Aber Gerhild ahnte, dass die Sache noch nicht gelaufen war. Und sie hatte recht.

„Achten Sie aber darauf, Inge, dass es Bio-Würstchen sind. Sie kennen ja den Beschluss des Gemeinderates."

In diesem Augenblick sah Gerhild ihre Zeit gekommen. Sie erhob sich von ihrem Stuhl und gab sich Mühe, ein freundliches Gesicht aufzusetzen und unbefangen zu wirken.

„Mein Vorschlag ist, dass das jeder selbst entscheiden muss. Wir können niemandem vorschreiben, was er zu essen hat oder was nicht. Es wäre doch gar kein Problem, beides anzubieten. Allerdings …" Was ‚allerdings'?, fragten sich alle. „Allerdings sind die Bio-Würstchen deutlich teurer."

„Was wollen Sie damit sagen?" Heike Osterweil konnte eine wachsende Ungeduld nicht unterdrücken, denn auf diese Tour hatte Gerhild es schon im Gemeinderat versucht.

„Dass es nicht schön ist, wenn wir zwei Klassen von Gemeindegliedern haben: solche, die sich biologische Würstchen leisten können, und andere, die das nicht können."

„Liebe Frau Runde", jetzt wurde es der Pastorin zu bunt, „genau so haben Sie bereits in der Sitzung des Gemeinderates argumentiert. Und Sie haben vollkommen recht: ich möchte auch nicht zwei ‚Klassen' haben, wie Sie das nennen. Aber Sie können sich zweifellos daran erinnern, was ich Ihnen genau heute vor einer Woche darauf geantwortet habe: dass wir, um genau das zu vermeiden, nur Bio-Fleisch und nichts anderes anbieten werden. Natürlich ist das etwas teurer. Aber da wird sich eine Lösung finden. Und, wenn ich das noch hinzufügen darf: Es wird niemandem schaden, wenn er etwas weniger, dafür aber viel besser isst."

„Genau das, Frau Pastorin, sollten Sie aber tatsächlich jedem einzelnen überlassen und niemanden bevormunden."

Nun eskalierte der Ton, denn der Pastorin kam die Galle hoch.

„Bitte, Frau Runde: sparen Sie sich den Appell an die vermeintliche Freiheit des Einzelnen. Und lassen Sie uns diese leidige Diskussion abbrechen. Sie wissen, dass mein Vorschlag im Rat ein ganz anderer war, und auch, warum ich ihn gemacht habe. Wir haben uns leider, finde ich, auf einen Kompromiss geeinigt. An den müssen Sie sich aber genauso halten wie ich." Und dann setzte sie noch ein Wort hinzu, was alle zum Lachen brachte, sogar Inge, sogar die Pastorin selbst, nur Gerhild Runde nicht: Sie sagte nämlich laut und nicht wenig erbost ‚Amen'! Was in diesem Fall nichts anderes heißen sollte als ‚Schluss jetzt'! Woraufhin es tatsächlich eine Weile still blieb. Gerhild zog ein Gesicht, als würde sie in der nächsten Sekunde an die Decke gehen. Die arme Inge, die sich wieder einmal zwischen die Stühle gesetzt hatte, glich einem geprügelten Hund. Die Pastorin blätterte unruhig im Gesangbuch. Erst als Herr Lange fragte, ob es noch irgendwelche Zeugen gebe, die das Hohe Gericht anhören müsse, löste sich das Schweigen. „Die Verhandlung ist geschlossen!", sprach das Geschwader im Chor. Und war diesmal etwas zu voreilig.

„Moment - ein kleines Liedchen noch", sagte die Pastorin, „die Nummer 130, O heilger Geist, kehr bei uns ein. Erste Strophe."

Sie stimmte an. Und Gerhild hatte das Gefühl, dass diese Strophe etwas mit ihr zu tun hatte.

11

Während einige der Damen den Tisch abräumten und die Küche sauber machten, verschwand die Pastorin ungewöhnlich schnell in ihrem Büro. Sie hatte dort nichts zu tun, wollte aber weiteren Gesprächen ausweichen. Die Auseinandersetzung mit Gerhild hatte sie aufgewühlt, und die autoritäre Art, mit der sie selbst das Gespräch beendet hatte, schmerzte sie.

Sie setzte sich an ihren Schreibtisch und versuchte sich zu beruhigen. Solange sie aus der Küche noch Stimmen und Geschirrklappern hören konnte, würde sie hier sitzen bleiben, ging es ihr durch den Kopf. Sie zog die unterste Schublade des Schreibtisches auf und kramte nach dem Foto von Johannes. Es war nicht mehr da. Sie erschrak, doch dann fiel ihr ein, dass sie es am Abend vorher in ihre Handtasche gesteckt hatte. Die lag zu Hause, im Wohnzimmer.

Am Donnerstag würde sie sich mit dem jungen Hochzeitspaar treffen. Die Frau gefiel ihr. Sie schien so lebensbejahend zu sein, so optimistisch. Bereit, sich anregen zu lassen und nachzudenken. Ein bisschen naiv vielleicht. Aber sie war noch jung. Dass der Mann so zurückhaltend gewesen war … aber lieber das als zu bestimmend. Mediziner war er. Sie lächelte, als sie sich sein Gesicht in Erinnerung rief, wie es aussah, als sie über die möglichen Trauformeln gesprochen hatte. ‚Bis dass der Tod euch scheidet'. Nein, wenn er es nicht wollte … sie würde auf gar keinen Fall darauf bestehen. Sie konnte seine Argumente gut verstehen. Sie selbst würde es ja auch nicht noch einmal so haben wollen. Bernd hatte damals darauf bestanden. Sie hatte es stark bewegt, dass er sich so fest für sie entschieden hatte und dass er das unbedingt bekennen wollte.

Die Tür des Gemeindehauses fiel ins Schloss. Ein paar kurze, schnelle Worte zum Abschied, ein paar Schritte, dann war nichts mehr zu hören. Ja, sie musste jetzt auch zurück; die Babysitterin konnte nicht so lange bleiben.

Als sie sich ihrem Haus näherte, brannte das Licht im Wohnzimmer. Das war ungewöhnlich. Christine, die Babysitterin, saß eigentlich immer in der Küche. Von dort konnte sie die Kinder besser hören, wenn sie unruhig schliefen oder weinten. Außerdem saß sie gerne an dem Küchentisch mit der gemütlichen Lampe, die darüber hing, und die ein warmes Licht auf ihre Bücher warf.

Es war aber nicht Christine, die das Licht im Wohnzimmer angemacht hatte. Es war Bernd. Er saß im Sessel. Sah nicht fern, las nicht die Zeitung, sondern schien nichts anderes zu tun als auf seine Frau zu warten.

„Ich dachte, du bist in München!" Heike war in der Tür stehengeblieben. Sie fühlte sich überrumpelt.

„Hab ich auch gedacht", sagte Bernd, „freust du dich gar nicht?"

„Doch, schon, aber …"

„Auf dem Weg zum Bahnhof ist mir plötzlich klar geworden, dass ich die Pläne ja auch gut rüber mailen und dann in einer Video-Konferenz erklären kann. Und außerdem … naja, ich dachte, dass es gut wäre, wenn wir uns nicht schon wieder eine Woche lang nicht sähen."

Heike stand immer noch in der Tür.

„Komm, setz dich. Soll ich dir was zu trinken holen?"

Bernd stand auf, ging zu ihr, nahm sie in den Arm und gab ihr einen schnellen Kuss. „Ein alkoholfreies Bier?"

Heike nickte. Wie in Zeitlupe setzte sie sich.

„Wie war der Seniorentreff?", fragte Bernd, als er aus der Küche zurückgekommen war.

Heike erzählte. Aber es kam ihr so vor, als würde sie über etwas ganz anderes sprechen. Und als würde Bernd nur mit Mühe zuhören und an etwas ganz anderes denken. Er stellte keine Nachfragen. Und kaum war sie fertig, wechselte er das Thema.

„Ich habe über uns beide nachgedacht." Er sprach sehr langsam. „Den ganzen Tag. Und was ich Dir sagen möchte, wird dich überraschen."

Heike erwiderte nichts. Sie kam immer noch nicht zurecht mit der unerwarteten Situation. Das Beste war es, ihn reden zu lassen.

„Gerade heute morgen ist mir endgültig bewusst geworden, was ich da eigentlich mache. Eine Woche München! Im Hotel! Nur um die Pläne zu erläutern. Und du hast hier deinen Beruf und unsere Kinder. Das müssen wir ändern."

Heike blieb still.

„Du weißt, wie tief ich in meiner Arbeit stecke, Du weißt, wie ich sie liebe. Das Geld … naja, es ist natürlich gut, dass wir so sorglos leben können."

Heike sah ihm in die Augen.

„Und das ist dir alles erst heute durch den Kopf gegangen?"

„Nein, das ist schon eine ganze Weile so."

„Seit ich von Trennung gesprochen habe?"

„Ehrlich gesagt: ja." Bernd verlor ein bisschen von

seiner Sicherheit. „Ich hab ja nie im Traum daran gedacht, dass so etwas passieren könnte." Er streckte die Hand zu ihr hinüber, und sie nahm sie in ihre. Kurz.

„Ich ja auch nicht."

Bernd schöpfte Hoffnung.

„Dann lass uns doch versuchen, eine Lösung zu finden. Wir haben so viel gemeinsam geschafft. Uns geht es so gut. Wir haben Hanna und Noah." Wieder streckte er seine Hand nach ihr aus. „Und wir haben uns."

War er kurz davor, zu weinen?

„Bernd, das ist alles nicht so leicht."

„Aber wenn wir es wollen?" Er klang verzweifelt, er tat ihr leid.

„Oder ist da noch etwas außer diesem Mann?"

„Was soll da sonst sein?"

Bernd, der ein wenig in sich zusammengesunken war, richtete sich wieder auf. In seinem Blick war plötzlich etwas, das sie bisher nicht wahrgenommen hatte.

„Mein Alter. Ich bin 25 Jahre älter als du. Ist es das, warum du einen jüngeren Mann suchst?"

„Also Bernd, wenn es für uns beide nicht so ernst wäre, müsste ich jetzt lachen! Ich einen jüngeren Mann suchen! Traust du mir das zu?"

„Ja. Nein! Aber er ist doch jünger, dein Johannes, oder?"

Heike blieb der Atem stehen.

„Mein Johannes? Er ist nicht ‚mein Johannes'!" Wie heißes Wasser schoss es ihr durch die Adern. „Sag mal: woher weißt du eigentlich, dass er jünger ist? Und vor allem: dass er so heißt?"

In diesem Augenblick erkannte Bernd, dass er sich verplappert hatte. Aber nun konnte er nicht mehr zurück.

„Ich hab das Foto gesehen."

„Du hast was?"

Bernd wand sich unter dieser Frage und noch mehr unter dem Schreck, der sich in Heikes Gesicht zeigte.

„Ich hab das Foto gesehen, das du in deiner Handtasche hast."

Heike fand zuerst keine Worte. Ihr Mann, dem sie bisher trotz allem immer vertraut hatte, war mißtrauisch geworden. Er hatte ihr nachgeforscht. Er hatte in ihre Handtasche geschaut.

„Das hätte ich dir nicht zugetraut!"

Sie sah ihm ins Gesicht. Ein Gesicht voller Schuldbewusstsein und Jammer. Erbärmlich, dachte sie kurz. Und dann fasste sie sich und wurde ruhig. Es tat ihr leid, dieses arme Würstchen. Dieser erfolgreiche Mann, der ihr Mann war. Er tat ihr leid! Sie kannte

106

ihn auch ganz anders. Und sie spürte, wie gern er sich an sie schmiegen würde, wenn sie ihm auch nur das geringste Zeichen dazu gäbe.

Wie in einem Zeitraffer gingen ihr die ersten Jahre mit ihm durch den Kopf. Das Kennenlernen, noch während sie studiert hatte. Sein Vortrag über moderne Sakralbauten. Sein aufrichtiges Interesse, als er von ihr wissen wollte, wie sich die ‚verlorene‘ junge Generation eine Kirche vorstellte. Die langen Gespräche darüber in seinem Büro. Da war kein Knall, kein Erdbeben am Anfang ihrer Beziehung. Es war ein langsames Aufwärmen, eine warme Welle, die immer höher gestiegen und sie und ihn weggetragen hatte. Alle hatten natürlich gesagt, er könne ihr Vater sein. Sie hatte es nicht mehr hören wollen. Aber niemand außer ihr hatte doch gefühlt, wie es ihr damit ergangen war. Sie hatte sich geborgen gefühlt. Beschützt. Frei. Nie hatte er ihr Vorschriften gemacht; sie hatte tun und lassen können, was sie wollte. Und genauso hatte auch er seine Freiheit behalten und seine berufliche Arbeit uneingeschränkt fortgesetzt. Als die Kinder kamen, war er glücklich. Sie liebte sogar seine unbeholfene Art, mit ihnen zu spielen, seine Versuche, ihnen nahe zu kommen, seine oft steifen, zaghaften Anstrengungen. Wenn er von einer beruflichen Reise nach Hause kam und ihnen etwas mitbrachte, drängten sich die Kinder allerdings immer öfter an sie, an die Mutter, als ob sie fremdelten. Es dauerte Stunden, bis sie sich wieder an ihn gewöhnt hatten. Zuerst hatte sie das akzeptiert; er war zutiefst verwurzelt in seinem Beruf. Sie selbst hatte ja auch immer gearbeitet. Es war ihr Glück, dass sie keine festen Arbeitszeiten hatte, dass sie nie Probleme hatte, Babysitter zu bekommen. Und dass die Kinder in der Kita der Gemeinde gut aufgehoben waren. Aber so, wie am Anfang die warme Welle gekommen und sie und Bernd weggetragen hatte, so hatte sie sich auch langsam, unmerklich zuerst, wieder zurückgezogen und vieles freigegeben, das sie verdeckt hatte. Der Knall, das Erdbeben, das hatte es jetzt erst gegeben. Als sie Johannes getroffen hatte.

„Wie kommst du dazu, in meine Handtasche zu schauen?"

Sie sah ihm an, wie sehr er das bereute. Aber es war passiert.

„Ich weiß es auch nicht." Er war kaum zu verstehen, so leise sprach er. „Ich weiß, dass es falsch war."

„Hast du etwas gesucht?"

„Nein, nicht direkt. Ich weiß nicht, was mich getrieben hat. Wirklich nicht."

Sollte sie ihm glauben? Er hatte sie noch nie angelogen, da war sie sich sicher. Auch deshalb hatte sie nicht vor ihm verbergen wollen, dass sie einen anderen Mann kennengelernt hatte. Aber jetzt kam er offensichtlich nicht mehr zurecht damit. Und schlimm für sie selbst war, dass sie ihn verstehen, es ihm aber nicht mehr ersparen konnte.

Keiner von ihnen sagte ein Wort, minutenlang. Hanna, die Zweijährige, weinte kurz im Schlaf; dann war sie wieder still.

„Und was machen wir jetzt?", fragte Bernd endlich.

„Das Wichtigste sind die Kinder", sagte Heike. „Sie sind hier zu Hause, und sie müssen hier bleiben."

„Was bedeuten würde, dass sie bei dir bleiben, denn dies hier ist ja eine Wohnung der Gemeinde, und da willst du ja wohl bleiben. Oder besser: du musst bleiben."

Bernd schien sich ein wenig wiedergefunden zu haben.

„Versteh bitte, dass ich das nicht akzeptieren kann. Genauso wenig, wie du es könntest, das weiß ich. Also bleibt uns nur, eine andere Lösung zu finden. Und die kann ja nur sein, dass wir uns irgendwie zusammenraufen. Auf jeden Fall werde ich einer Scheidung nicht zustimmen."

12

Sie hatte eine Zwiebel geschält und gerade begonnen, sie zu schneiden, als es zum ersten Mal brummte. Ach was, „brummen' konnte man so etwas nicht nennen, ‚klingeln' schon gar nicht. Diese neuartigen elektronischen Geräusche waren kaum auseinanderzuhalten. Schon wieder! Es hörte sich an wie irgendetwas zwischen krächzen und meckern, sagte sie immer. Jedenfalls mochte sie es nicht.

Beim dritten Mal legte sie ihre Schürze ab und griff nach dem Telefon, das auf dem Regal neben dem Kühlschrank stand.

„Ja, bitte?"

„Wie fandest du das gestern?"

Die Anruferin sagte nie ihren Namen. An ihrer Stimme war sie aber sofort und unverwechselbar zu erkennen, egal, für welche Variante sie sich gerade entschieden hatte. Denn es gab nur zwei Möglichkeiten: entweder säuselte sie in unübertrefflicher Unschuld - oder sie kommandierte. Diesmal war es irgendetwas dazwischen, etwas unentschieden

Abwartendes.

„Gestern? Bei den Senioren?"

„Natürlich!"

„Du meinst die Würstchen?"

„Natürlich! Da hat nicht viel gefehlt, und ich wäre aufgestanden und gegangen."

„Weil die Pastorin …"

„Lass mich zu Ende reden!"

Die Stimme hatte sich entschieden. Sie kam jetzt eindeutig im Kommandoton daher.

„Sowas nennt sich Pastorin! Die hat doch nichts anderes im Sinn als sich vorne und hinten durchzusetzen. Die denkt doch nicht für 10 Cent an alle, die nicht so üppig im Geld schwimmen wie sie. Was meinst du wohl, was ihr Mann verdient? Der kommt doch mit einem normalen Konto auf der Bank niemals aus, so bekannt, wie der überall ist. Musste ausgerechnet der die Pläne für das neue Gemeindehaus entwerfen? Ich hab mich ja gleich dagegen ausgesprochen. Und ich sag dir eins: Die Leute werden protestieren! Die werden nicht drei Euro für ein Würstchen ausgeben, wenn sie es für die Hälfte haben können. Möchtest du vorgeschrieben bekommen, was du zu essen hast?"

„Du meinst …"

„Natürlich mein ich das. Die Leute wollen selbst entscheiden. So war es immer, und so wird es auch immer bleiben. Die Welt wird woanders verändert, nicht beim Würstchen essen."

Beißender Zwiebelduft stieg ihr in die Nase. Sie wechselte das Telefon in die andere Hand, aber das war auch nicht viel besser.

„Und dann dieser Blödsinn mit der Zweiklassen-Gesellschaft!"

„Aber das hast du doch gesagt!"

„Lass mich zu Ende reden! Natürlich hab ich das gesagt, weil es ja auch so ist! Der große Architekt kann doch stundenlang Bio-Würstchen essen, das merkt der überhaupt nicht im Portemonnaie. Aber der Meiler zum Beispiel, unser Küster: das bisschen Geld, das der hat, gibt er für Fußball aus. Ein Stehplatz und ein paar Bier, damit ist der doch glücklich. Aber für das Bio-Zeugs hat der doch dann nichts mehr übrig. Soll er dann vor dem Grill stehen und Maulaffen feilhalten?"

„Aber die Pastorin hat doch gesagt, dass sie da eine Lösung …"

„Ja, und weiter? Dass es keinem schadet, wenn er weniger isst, hat sie gesagt. Ja, ist die denn noch von dieser Welt?"

„Gesünder, hat sie, glaube ich, gesagt."

„Egal." Die Kommandostimme musste Luft holen. Und während sie das tat, wechselte sie problemlos in die zweite Form ihrer Erscheinung: sie wechselte in den unschuldigen Säuselton.

„Du, ich hab Euch doch am Sonnabend was gesagt, als wir die Kirche geschmückt haben. Erinnerst du dich?"

„Ja, das mit den Bio-Würstchen."

„Nein, das meine ich nicht. Weißt du nicht mehr, dass wir über den Gottesdienst-Besuch gesprochen haben?"

„Dass in letzter Zeit so viele Leute kommen?"

„Ja, das auch."

„Und dass es einen großen Knall geben wird."

„Jetzt hast du's! Genau das hab ich gesagt."

Stille.

„Aber das hab ich damals schon nicht verstanden."

„Konntest du auch nicht. Aber inzwischen weiß ich mehr. Und ich verspreche dir, das wird ein Knall, der so laut ist, dass man ihn nirgendwo überhören kann."

„Versteh ich immer noch nicht."

Am anderen Ende der Leitung war es auf einmal sehr still. Nichts war zu vernehmen außer einem kleinen Seufzer. So einer, der entweder darauf hinweist, wie begriffsstutzig der Gesprächspartner ist, oder einer von denen, die aus dramaturgischen Gründen ein Zögern andeuten. Ein Zögern das auszusprechen, was er unbedingt mitteilen möchte.

Doch dann kam es. Pointiert, treffsicher. Und wohl dosiert in dem Bewusstsein, was es anrichten würde. Ein Wort nur.

„Johannes."

„Was? Johannes?"

„Er heißt Johannes."

„Versteh ich nicht."

„Kannst du auch nicht. Ich sag's dir aber: Johannes ist der Liebhaber unserer Pastorin."

Wieder Stille. Auf der einen Seite, um die Wirkung dieses einen Wortes zu steigern; auf der anderen, weil die Wirkung bereits so groß war, dass sie nichts anderes als Schweigen zuließ. Erst nach einer geraumen Weile kam die Reaktion:

„Woher weißt du das?"

Und diese unschuldige, harmlose Frage war in ihrer Auswirkung nicht viel kleiner als die Behauptung, die da aufgestellt worden war. Denn sie tat ja nichts anderes, als auf die Quelle der Information zu zielen. Das war der Anruferin in eben diesem Augenblick siedend heiß klar geworden. Allerdings zu spät!

Der Säuselton fiel wieder in sich zusammen und machte der Alternative Platz.

„Das muss ich dir nicht sagen. Es reicht, wenn du es von mir gehört hast. Und, übrigens, um auf die Würstchen zurückzukommen: Da ist das letzte Wort noch nicht gesprochen, das kannst du mir glauben."

„Aber was willst du denn dagegen machen?"

„Das lass mal meine Sorge sein. Ich möchte jedenfalls nicht da stehen und von den Leuten 3 Euro für so'n Bio-Dings verlangen. Das kannst du mir glauben."

Dann war die Leitung unterbrochen. Auf der einen Seite rief sich die Zwiebel in Erinnerung. Und auf der anderen hätte sich jemand am liebsten selbst auf die Füße getreten. Wie hatte sie nur so blöd sein können, den Namen zu nennen?

13

Ernst Winter wartete. Er stand, den Schlüsselbund in der Hand, an der geöffneten Wohnungstür und wartete geduldig auf seine Frau. Die hatte noch irgendetwas im Bad zu erledigen. Und so konnte er noch einmal in Ruhe seine Taschen abklopfen: Portemonnaie, Handy, Schlüssel - ja, er hatte nichts vergessen. Die Kaugummis würde er wohl nicht brauchen.

Heute, dachte er, würde er sich wahrscheinlich für die Spinatpizza mit Gorgonzola entscheiden. Er mochte es zwar nicht, wie der italienische Kellner, die Pizza auf hoch in die Luft ausgestreckter Hand balancierend, im Geschwindschritt an den Tisch eilte und sein rrrollendes ‚Prego!' zelebrierte, um dann den riesigen Teller mit immer gleichem Grinsen vor ihn auf den Tisch zu knallen - aber die Pizza, und darauf kam es ja an, war außergewöhnlich gut. Darauf konnte man sich in dieser Trattoria verlassen. Und dazu ein offener Chianti … eigentlich hatte Herr Winter gute Laune. Nur die Geschichte mit der Pastorin, die lag ihm im Magen.

„Prost, meine Liebe!"

Er hatte den Tisch in der kleinen Nische reserviert, der ein bisschen getrennt lag von den übrigen Gästen. „Unser Séparée!", hatte Ernst Winter gesagt und sich um Galanterie bemüht. Was ihm aber wenig überzeugend gelungen war, weil er die Sache mit der Pastorin nicht aus dem Kopf kriegen konnte. Und weil ihn das so sehr beschäftigte, kam er gleich nach dem ersten Schluck darauf zu sprechen.

„Ich hab mir die Geschichte mit Frau Osterweil jetzt zwei Tage lang durch den Kopf gehen lassen", begann er, „und ich bin mir immer noch unsicher, wie wir damit verfahren sollen."

„Davon weiß bisher noch niemand etwas, hast du gesagt, oder?", fragte Annegret Winter.

„Außer mir und Frau Rückert niemand. Und dir, natürlich."

„Und wann will Frau Osterweil das offiziell mitteilen?"

„Das weiß ich nicht. Sie hat mich am Sonntag nur gebeten, mit niemandem darüber zu sprechen. Weil ihr Mann und sie etwas Zeit brauchten, hat sie gesagt."

„Und ihr Mann? Was sagt der dazu?"

„Der will natürlich keine Trennung, ist doch klar. Sie hat mir gegenüber ja auch eingeräumt, dass es an

117

ihr liegt. Es war doch sie, die jemanden kennengelernt hat, nicht er."

Annegret Winter nahm sich ein Scheibchen von dem Weißbrot, das der Kellner gebracht hatte, und wischte es durch das Olivenöl, das er separat in einem Schälchen serviert hatte.

„Die beiden haben Kinder, nicht wahr?"

„Ja." Ihr Mann nickte. „Hanna und Noah. Das ist natürlich auch ein Problem." Er nahm einen Schluck von dem Chianti. „Und das ist das, was mir Kopfschmerzen macht. Unter anderem."

„Wie ich dich kenne, liegt dein Problem ein bisschen anders", erklärte sie.

„Wieso?"

„Ich glaube, dass du dir Sorgen machst, was das für die Gemeinde bedeutet, oder? Sei ehrlich!"

„Ja, natürlich, das auch." Er war erleichtert, dass sie das von sich aus angesprochen hatte. „Stell dir vor: eine Pastorin, die ihren Mann verlässt, weil sie hinter einem jüngeren herläuft …"

„Das ist ziemlich diskriminierend so, wie du das ausdrückst."

„Gut. Also eine Pastorin, die ihren Mann verlässt, weil sie sich in einen anderen verliebt hat. Und die Kinder obendrein. Kleine Kinder, noch nicht mal in der Schule! Was glaubst du, was in der Gemeinde los

118

ist, wenn sie das erfährt?"

„Naja, was soll da los sein? Natürlich wird man sich wundern."

„Wundern, sagst du? Die Leute werden sich das Maul zerreißen! Eine junge Frau, die einfach von heute auf morgen ihre Familie aufgibt nur wegen eines anderen Mannes."

„Das gibt es ja öfter heutzutage."

„Aber eine Pastorin! Ich bitte dich! Eine Pastorin, die in moralischer Hinsicht ein Vorbild für alle sein sollte."

„Glaubst du denn, dass eine Pastorin Gefangene ihres Berufs ist? Dass sie verpflichtet ist, moralisches Vorbild zu sein?"

Herr Winter zögerte.

„Doch. Ein moralisches Vorbild sollte sie schon sein."

„Prego!" Der Kellner knallte die bestellte Pizza und die Tortellini, die Annegret Winter sich ausgesucht hatte, auf den Tisch. Dabei zeigte er das unvermeidliche Grinsen. „Buon appetito!" Ernst reagierte mit einem gezwungenen Lächeln. Annegret bedankte sich mit einem freundlichen „Benissimo! Grazie!"

„Sag mal", wandte sie sich dann wieder an ihren Mann, „weißt du eigentlich mehr über die ganze Geschichte. Hintergrund und so?"

„Wenig. Sie hat ihn vor einem halben Jahr kennengelernt. Bei einem Vortrag hier in der Gemeinde."

Dieser Satz brachte urplötzlich etwas in seinem Gedächtnis zum Vorschein. „Nee!"

„Was, nee?"

„Jetzt fällt mir ein, wer das sein könnte, ihr Neuer. Erinnerst du dich an diesen jungen Mann von ‚Brot für die Welt', der hier kurz vor Weihnachten über Entwicklungspolitik gesprochen hat? So'n ganz sportlicher Typ war das, richtig flott eigentlich."

„Der über die ‚Weltläden' referiert hat? Meinst du den? Ja, ich erinnere mich. Ein ganz anderer Typ als Herr Osterweil. Der würde mir auch gefallen!"

Herrn Winter wäre beinahe das Messer aus der Hand gefallen, aber dann sah er das unterdrückte Lachen seiner Frau.

„Bitte …" räumte er ein und griff die Ironie seiner Frau auf, „dann hätte die Gemeinde ein Problem weniger."

„Und gleichzeitig ein neues, weil du dann als Vorstand zurücktreten würdest, denn du hättest ja keine Beraterin mehr."

Ernst Winter wischte sich mit der Serviette über den Mund.

„Jetzt mal im Ernst: Kannst du dir vorstellen, bei allem Respekt, dass diese Frau in der Gemeinde wirklich noch als Pastorin arbeiten kann? Überleg doch mal, was das bedeuten würde. Zum Beispiel, was das Image der Gemeinde betrifft. Da würden sie doch alle mit dem Finger auf uns zeigen. Oder denk doch mal an diese Frau Runde. Die würde überall rumstänkern. Wir hätten auf ewig Unruhe in der Gemeinde. Und die Runde ist ja nicht die einzige! Ich fürchte, dass es da schnell zu einer Spaltung kommen würde. Für oder gegen die Pastorin. Und wenn ich daran denke, dass sie ja auch Trauungen durchführen muss …"

„Warum sollte sie das nicht?"

„Weil das doch nicht ganz glaubwürdig ist, oder?" Herr Winter beugte sich über den Tisch in Richtung seiner Frau und kündigte auf diese Weise etwas besonders Wichtiges an. Seine Stimme hatte etwas Geheimnisvolles. „Frau Rückert hat mir mitgeteilt, dass ausgerechnet am Tag unseres Gemeindefestes, und zwar im Gottesdienst, eine Trauung gewünscht wird, die Frau Osterweil vornehmen soll. Die Tochter vom Anlass, du weißt doch, der Rektor der Grundschule am Wielandweg, die will heiraten. Stell dir das doch mal vor: Sie traut andere und löst ihre eigene Ehe gleichzeitig auf."

„Jetzt bist du wieder bei der Moral."

„Und du? Du gehst immer noch davon aus, dass

man an eine Pastorin andere Maßstäbe anlegen muss als an andere Frauen. Glaubst du, dass sie sich in irgendeiner Weise von den anderen unterscheidet?"

„Aber sicher! Sie ist Christin."

„Das sind Millionen andere auch."

„Aber sie vertritt die Kirche."

„Ach, die Kirche! Als ob die nicht genauso fehlerhaft ist und sich genauso irren kann. Sie besteht ja auch nur aus Menschen. Und Frau Osterweil ist einfach nur eine Angestellte der Kirche, nicht die personifizierte Moral."

Ernst Winter legte das Besteck zur Seite und wischte sich den Mund ab.

„Vielleicht hast du recht. Aber erwartest du von einer Pastorin nicht auch, dass sie sich an christlichen Maßstäben orientiert?"

„Jetzt hast du das Wort ‚Moral' nur durch ‚christliche Maßstäbe' ersetzt."

„Wie auch immer: sie hat jedenfalls eine exponierte Stellung in der Gemeinde. Und die meisten erwarten von ihr, dass sie mit gutem Beispiel vorangeht. Ich jedenfalls tu das. Und du doch wohl auch, oder?"

Endlich! Jetzt musste endlich seine Frau mal antworten! Er nahm das Besteck wieder auf und schnitt sich ein besonders lecker aussehendes Stück von seiner Pizza ab.

„Ernst, ich habe immer noch den Verdacht, dass du Schwierigkeiten aus dem Weg gehen willst. Du fürchtest nur das Gerede in der Gemeinde. Aber denk daran, dass du Vorstand bist und welche Verantwortung du hast. Als Gemeindevorstand bist du auch Arbeitgeber und damit für die Pastorin verantwortlich. Du hast eine Fürsorge-Pflicht." Frau Winter machte eine kleine Pause, aber sie war noch nicht fertig, das war ihr anzusehen. Und als sie weiter sprach, war ihre Stimme ganz leise geworden, und die Frage, die sie stellte, schien ganz nebensächlich zu sein. „Was macht sie denn eigentlich Gutes, die Pastorin?"

Diese Wende kam überraschend. Herr Winter schluckte. Versuchte sich zu orientieren. Und steckte sich erst einmal bedächtig ein weiteres Stück Pizza in den Mund.

„Du hast sie doch auch gewählt als Pastorin. Was hat dich denn an ihr überzeugt?"

Ein Blick. Ein gemächliches Kauen. Noch ein Blick.

„Weißt du doch. Als sie sich beworben hat, waren alle begeistert von ihrer Lebendigkeit, von ihrer Fröhlichkeit. Und sie hat ja tatsächlich Schwung in die Gemeinde gebracht. Sie hat Ideen. Zum Beispiel das Bio-Fleisch, hab ich dir erzählt. Und die Betreuung von Kleinkindern während des Gottesdienstes.

Irgendwie ist die Stimmung um sie herum immer gut. Und dann ihre Predigten. Man kann davon halten, was man will, aber danach ist es immer voll im Kirchencafé, und die Leute haben was zu reden." Herr Winter nickte, sich selbst zustimmend, mit dem Kopf. Aber dann fiel ihm etwas ein, das seine Zustimmung nicht gefunden hatte. „Demnächst will sie so kleine Kritik-Briefchen auslegen, wie sie das nennt. Im Gottesdienst."

Annegret Winter guckte ihren Mann an. „Was versteht sie denn darunter?"

„Sie will jedem die Möglichkeit geben, Wünsche an unsere Gemeinde aufzuschreiben. Oder auch Kritik. Weil sich einige vielleicht nicht trauen, ihre Vorstellungen laut zu äußern. Und die sollen das dann aufschreiben können. Im stillen Kämmerlein sozusagen."

„Aber das spricht doch für sie, dass sie sich so engagiert …"

„Ja, schon. Sie hat ja Ideen, sag ich doch." Er wand sich. „Aber dass sie sich von ihrem Mann trennen will …"

Im Stillen amüsierte sich Frau Winter, allerdings ohne es ihrem Mann direkt zu zeigen. Sie kannte ihn ja. Und ihr war klar, was ihn etwas unruhig machte.

„Darüber musst du nochmal in Ruhe nachdenken.

Versuch mal, sich in sie hinein zu versetzen. Und vergiss vor allem die Plappermäuler in der Gemeinde. Du leitest den Kirchenvorstand, und es ist deine Aufgabe, einen guten Weg für alle zu finden. Das hast du schon öfter geschafft. Wie heißt die Frau, die immer stänkert?"

„Runde."

„Kannst du nicht mal offen reden mit der? Wenn du ihr klar machst, was sie anrichtet mit ihrem Gerede … Du kannst doch sowas! Deine Stärke war es immer, die Gemeinde zusammen zu halten!"

Er sah seine Frau dankbar an.

„Möchtest du noch etwas? Einen Espresso?"

Nein, sie mochte nichts mehr. Beide waren zufrieden damit, wie sie das Gespräch abgeschlossen hatten. Herr Winter bezahlte und ließ sich einen Beleg für die Steuer geben. Als ehemaliger Finanzbeamter wusste er Bescheid. Doch als seine Frau vielsagend den Kopf schüttelte, zerknüllte er den Beleg und warf ihn in den Papierkorb.

14

„Was sie wohl will von uns?"

Donnerstag am frühen Abend. Lisa und Jan waren auf dem Weg zum Gemeindehaus; Heike Osterweil hatte sie sehr kurzfristig um einen Termin gebeten.

„Wir haben doch eigentlich alles besprochen, oder?"

Jan stimmte ihr zu. Natürlich musste er an das „Bis dass der Tod euch scheidet" denken, aber das sagte er nicht; er war sicher, dass sich dafür noch eine bessere Gelegenheit ergeben würde. Lisa, die weiterhin rätselte, warum die Pastorin mit ihnen sprechen wollte, sah sie wieder vor sich, wie sie am vergangenen Sonntag am Eingang zur Kirche gestanden hatte. Sie erinnerte sich daran, wie unkonzentriert die Begrüßung gewesen war, gar nicht zugewandt. So wie der ganze Gottesdienst. Als hätte sie ihn schnell hinter sich bringen wollen, als sei ihr alles lästig gewesen. Und im Kirchencafé war sie leider auch nicht; Lisa war enttäuscht, weil sie gehofft hatte, ihr im Gespräch näher zu kommen und das Verhältnis mit ihr zu festigen.

So gingen sie Hand in Hand. Bis zum Gemeindehaus war es nicht weit, und die Pastorin wartete schon in ihrem Büro. Auf dem Tisch eine Kanne Tee und ein paar Kekse. „Bitte!"

Sie setzten sich. Heike schaute sie an. Bedachte sich einen Augenblick.

„Ich bin sehr dankbar, dass ihr so schnell kommt. Aber was ich euch sagen möchte, fällt mir nicht leicht."

Die Hochzeit!, dachten beide, sie will die Hochzeit absagen.

„Nein, es ist nicht wegen der Hochzeit!" Heike ahnte, was die beiden annehmen mussten, und lächelte etwas gezwungen. „Es geht um meine persönliche Situation. Etwas ganz Privates. Ich möchte mich von meinem Mann trennen."

Unvorbereiteter, direkter hätte sie es kaum mitteilen können. Nach außen hin wirkte es ja wie eine sachliche Information. Aber für Lisa und Jan war da irgendetwas vollkommen unerwartet aus dem Nichts aufgetaucht, das in seiner Auswirkung noch gänzlich unklar war. Nur: dass es Konsequenzen haben würde, schmerzliche Konsequenzen, das war gewiss. Erst allmählich entfaltete es seine Bedeutung. Und in der Stille, die folgte, wirbelte alles durcheinander.

Lisa war zutiefst erschrocken. Das Bild von Heike, das sie im Kopf hatte, schien ohne jede Vorwarnung seine Konturen zu verlieren: die junge, so lebendige, lebensfrohe Pastorin, die nicht nur schöne Worte fand auf der Kanzel, beruflich am Anfang, mit allen Möglichkeiten, engagiert, eine eigene Gemeinde, glücklich verheiratet, zwei wunderbare Kinder, vielleicht sogar eine zukünftige Freundin - war da plötzlich alles zerbrochen?

Ganz anders Heike selbst. Von einem zum anderen Moment, kaum dass sie sich erklärt hatte, war eine große Veränderung eingetreten. Ihre Anspannung, ihre Unsicherheit war wie weggewischt. Sie schien entlastet zu sein, erleichtert, und sie sah ganz anders aus als noch vor wenigen Sekunden.

Jan, nur einen kurzen Augenblick lang verlegen, fand schnell zurück zu seiner Besonnenheit, für die er so oft gelobt worden war. Er griff nach der Teekanne, schaute die Pastorin fragend an und schenkte dann allen ein. „Zucker?"

Dieses eine, so alltägliche, banale Wort, laut und deutlich mitten hineingesprochen in die Stille, wirkte ungemein befreiend. Die beiden Frauen mussten laut lachen. Und Jan, der diese Wirkung gar nicht vorausgesehen hatte, doch dankbar war für den unerwarteten Erfolg seiner Nachfrage, ließ sich ebenfalls zu einem vorsichtigen Grinsen hinreißen.

„Ja, ich möchte mich trennen", griff die Pastorin ihre Sache wieder auf. „Und um es gleich zu sagen: es hat nichts mit meinem Mann zu tun. Er trägt keine Schuld. Es ist allein mein Wunsch."

Dann begann sie zu reden. Erzählte die Geschichte von Anfang an. Wie sie Johannes, ihren neuen Freund kennengelernt hatte. Dass es bei dem Vortrag begonnen hatte, den er in dieser Gemeinde gehalten hatte. Dass sie plötzlich eine ihr unerklärliche Nähe zu ihm gespürt habe, als er über fairen Handel gesprochen habe. Sie hielt inne, lächelte versonnen. „Nein, natürlich war sie erklärlich, die Nähe!"

Sie gab sich große Mühe, die Tränen zurückhalten, aber als Lisa aufstand, zu ihr ging und den Arm um sie legte, schaffte sie das nicht mehr. Sie schluchzte auf. Lisa, die so gut nachfühlen konnte, was mit Heike geschah, hätte am liebsten mit ihr geweint. Doch bevor sie es tun konnte, wurde ihr bewusst, was geschah: zwei Frauen, die sich heulend in den Armen liegen, und der Mann schaut zu - und darüber musste sie dann wiederum lachen, sich selbst und der Situation zum Trotz. Heike wischte sich die Augen frei und fand nach einer Weile zurück zu ihrer Geschichte.

„Ich wollte natürlich keine Beziehung anfangen, ich habe Angst davor. Es geht mir gut. Mein Mann, meine Kinder, meine Arbeit in der Gemeinde, ich könnte glücklich sein. Ich war es ja auch, bis Johannes …", sie machte eine kleine Pause, „bis ich ihn kennengelernt habe. Er ist so anders als mein Mann … aber vielleicht ist es gar nicht richtig, wenn ich euch das alles erzähle. Die Frage ist nur", sie sah Jan und Lisa an, „die Frage ist nur, ob ihr mich bei eurer Hochzeit noch als Pastorin haben wollt?"

„Warum denn nicht?", reagierte Lisa ohne lange zu überlegen.

„Weil es in der Gemeinde sicher ein paar Leute geben wird, die das nicht richtig finden."

„Wieso? Das ist doch deine Sache - und unsere."

„Ja, letzten Endes ist es das natürlich. Aber ich muss Rücksichten nehmen. Ich weiß ja selbst noch gar nicht, wie es jetzt weitergeht. Bisher habe ich nur Herrn Winter informiert, den Gemeindevorstand. Und Frau Rückert, die Sekretärin, weiß auch Bescheid. Auf die kann ich mich aber verlassen. Nur - wenn es durchsickert in der Gemeinde, und das wird es ja irgendwann, dann muss ich damit rechnen, dass ein paar Leute für Probleme sorgen."

„Was für Probleme?", fragte Jan.

„Es könnte behauptet werden, dass mein Verhalten unchristlich ist. Dass man nicht seinen Mann und seine Kinder verlässt, als Pastorin schon gar nicht.

Wobei … meine Kinder verlasse ich natürlich nicht, aber das ist meine Sache und die meines Mannes. Und dann", sie machte eine kurze Pause, dachte nach, „dann könnte man an meiner Moral zweifeln. Auf jeden Fall könnte es starken Widerstand gegen mich geben. Und ich möchte nicht, dass eure Hochzeit, wie auch immer, darunter leidet."

Lisa guckte Jan an, Jan guckte Lisa an. Und Lisa sagte: „Nein, es bleibt so, wie wir es besprochen haben."

Und Jan? Die beiden Frauen warteten darauf, dass auch er seine Meinung dazu sagen würde. Er überlegte. Und nutzte den Augenblick.

„Ich habe, ehrlich gesagt, immer wieder über die Formel nachgedacht ‚bis dass der Tod euch scheidet'. Lisa", er blickte sie Zustimmung suchend an, „Lisa weiß, dass ich überhaupt nicht christlich erzogen worden bin, und dass ich mit Gott nicht soviel anfangen kann. Und deshalb möchte ich diesen Satz nicht so gerne hören bei meiner Trauung."

Heike hörte zu.

„Ich möchte nicht jemanden um Beistand für etwas bitten, den ich nicht kenne bzw. anerkenne." Jan suchte nach den richtigen Worten. „Und ich kann auch nicht versprechen, dass nur der Tod uns scheidet!" Er schluckte. „Wer weiß, was da alles passieren kann. Wir kennen doch die Zukunft nicht."

Plötzlich wandte er sich direkt an die Pastorin. „Hast du denn diese Formel bei deiner Hochzeit gehört? Hast du ihr zugestimmt?" Das ‚Du' machte es ihm leicht, diese Frage zu stellen.

Heike nickte. „Du hast recht. Ich habe dieser Formel zugestimmt. Und ich weiß, was du sagen willst: dass ich mich jetzt von meinem Mann trennen möchte, zeigt doch, wie fragwürdig das ist. Zumindest in deinen Augen." Heike hatte ihn verstanden. „Aber darf ich dich fragen, warum du überhaupt kirchlich heiraten willst? Indem du kirchlich heiratest, heiratest du doch vor Gott …"

„Sagen wir mal so: ich heirate in der Kirche, weil Lisa es gerne möchte. Und weil ich damit keine allzu großen Probleme habe, mache ich das gerne für sie."

*

„Wollen wir nicht zum Vietnamesen gehen, eine Suppe essen?", fragte Jan auf dem Weg nach Hause, „den Salat können wir auch morgen noch machen."

Das vietnamesische Restaurant lang nicht weit von Lisas Wohnung entfernt, und die Suppen, die man dort bestellen konnte, waren köstlich. Nicht nur die

Brühe, sondern auch das frische, knackige Gemüse.

Als sie die ersten Löffel geschlürft hatten - sie hatten gelernt, den Kopf tief über die Schale zu beugen und die langen Nudeln mit den Stäbchen aus der Brühe zu fischen, zum Mund zu führen und dann durch die fast zusammengepressten Lippen aufzusaugen, wie es ihnen als Kind verboten worden war -, kam Jan noch einmal auf das Gespräch mit der Pastorin zurück. „Findest du nicht auch, dass sie irgendwie, sagen wir mal, ein bisschen unklar ist?"

„Wieso?"

„Naja, sie hat vorgeschlagen, diese Formel bei unserer Hochzeit zu sprechen, obwohl sie doch gerade selbst gemerkt hat, wie fragwürdig das ist."

„Ich hatte den Eindruck, dass sie nicht darauf besteht. Und wenn du es nicht möchtest, will ich es auch nicht."

Jan schien zufrieden zu sein, auch wenn da noch etwas war, das ihm keine Ruhe ließ.

„Und was sagst du zu ihrer Befürchtung wegen möglicher Schwierigkeiten in der Gemeinde, weil einige ihre Haltung unchristlich finden könnten?"

„Kann ich nicht einschätzen. Aber wenn Heike die Trauung vornehmen will, ist es ihre Entscheidung, die ich gut annehmen kann. Genauso wie es unsere ist, uns vor ihr trauen zu lassen."

Jan war noch immer nicht zufrieden. „Es ist doch komisch, dass sie uns traut, während sie ihren Mann gerade verlässt. Findest du nicht?"

Lisa überlegte, worauf Jan wohl hinaus wollte, denn sie konnte ihn nicht ganz verstehen. Sein Argument, dass Heike als Pastorin keine Trauhandlung mehr vornehmen darf, nur weil sie sich selbst von ihrem Mann trennt, erschien ihr nicht schlüssig. Wollte er die Entscheidung, sich von Heike trauen zu lassen, rückgängig machen? Wollte er gar von einer kirchlichen Heirat überhaupt zurücktreten?

„‚Komisch' würde ich nicht sagen", antwortete sie. „Natürlich kommt man auf solche Gedanken, aber soll sie denn gar keine Trauungen mehr vornehmen, nur weil sie sich selbst von ihrem Mann getrennt hat und vielleicht scheiden lässt? Das würde doch bedeuten, dass sie ihren Beruf gar nicht mehr ausüben kann."

Lisa war überrascht, dass ihr dieser Satz einfach so herausgesprudelt war, obwohl sie vorher gar nicht darüber nachgedacht hatte. Was sie gesagt hatte, war logisch, dachte sie, dagegen konnte man eigentlich gar nichts einwenden.

„Aber abgesehen davon, Jan - ich möchte nicht in Heikes Haut stecken. Dass sie uns ihren persönlichen Konflikt offenbart hat, das ist ihr bestimmt nicht leicht gefallen. Das war ja fast ein Hilferuf. Übrigens

134

finde ich es auch bewundernswert, dass sie sich so schützend vor ihren Mann stellt und sofort gesagt hat, dass er keine Schuld trägt. Ich finde, dass wir sie unterstützen sollten."

„Und der Mann? Und die Kinder?"

Lisa blieb stehen und suchte in ihrer Handtasche nach dem Schlüssel; sie waren zu Hause angekommen.

„Worauf willst du hinaus, Jan? Wir kennen ihren Mann doch gar nicht. Und natürlich ist das alles sehr schlimm, besonders für die Kinder. Aber wir können doch nicht die Probleme der ganzen Familie lösen. Wir können nur versuchen, Heike zu stärken. Und dass wir ihre Familie dabei nicht vergessen dürfen, ist doch klar."

Jan entgegnete nichts. Er versuchte, seine Gedanken zu ordnen.

15

Am Sonntag darauf war der Himmel bedeckt. Ab und zu fielen ein paar Regentropfen herab, und wer zum Gottesdienst gekommen war, verschwand schnell in der Kirche; nur ein paar Kinder spielten in der Grünen Hölle.

Die Pastorin hielt sich noch in der Sakristei auf; sie hatte den Küster, Herrn Meiler, gebeten, an ihrer Stelle die Besucher am Eingang zu begrüßen und jedem einen Liedzettel in die Hand zu drücken.

Kurz vor zehn - in fünf Minuten sollte der Gottesdienst beginnen - ließ Herr Meiler die Glocken läuten. Dazu musste er nur den kleinen, schwarzen Knopf drücken, der in einem zerbeulten Metallkasten neben dem Eingang versteckt war. Es war jedes Mal spannend und führte beim Küster immer zu einer etwas kitzligen Atemlosigkeit, ob die Glocken dann auch wirklich läuteten, denn die Anlage arbeitete nicht mehr zuverlässig. Zwar war auch sie schon unzählige Male instandgesetzt worden, ebenso wie der Stuhl im Büro von Frau Rückert und vieles andere in St. Lukas, aber bis heute war es nicht gelungen, sie wirklich fehlerfrei zu machen. Einmal hatte das Geläut mitten in der Nacht eingesetzt, und es hatte eine geschlagene Viertelstunde gedauert, bis der Küster alarmiert war und die Elektrik komplett ausgeschaltet hatte.

„Guten Morgen, Hans!"

Gerhild Runde stand vor ihm und streckte die Hand aus. Man hätte meinen können, dass sie, was die körperliche Größe betraf, Herrn Meiler überlegen war; doch das war eine Täuschung. Der Küster, nicht nur Fußballzuschauer, sondern zugleich selbst aktiver Amateursportler, war gut und gerne einen halben Kopf größer, doch büßte er diesen Vorteil dadurch wieder ein, dass er es, etwa beim Vorbereiten der Gottesdienste, gewohnt war, von Gerhild Runde Anweisungen entgegenzunehmen und dabei immer eine leicht gebückte, fast devote Haltung einzunehmen. Verstärkt wurde dieser Eindruck durch die Kleidung der beiden: während der Küster seinen sonntäglichen Dienst stets in einem sehr unauffälligen, grauen Anzug und schwarzer Krawatte versah - unabhängig davon, ob es ein normaler Sonntag oder etwa ein besonderer kirchlicher Feiertag war -, erschien Gerhild regelmäßig in einem farblich ausdrucksvollen Kleid oder Kostüm, das weit in die Umgebung hinein wirkte. Dazu trug sie fast immer einen Hut, dessen jahrzehntealtes Beige sich problemlos jedem Kleid anpasste.

„Gibst du mir auch einen?"

Herr Meiler händigte ihr, leicht gebückt, einen der Liedzettel aus und zählte gleich noch zwei weitere ab, denn direkt hinter Gerhild waren Lisa und Jan erschienen. Sie bedankten sich und betraten die Kirche. Als sie außer Hörweite waren, schob Gerhild sich dicht an Herrn Meiler heran. „Das sind sie, glaube ich."

„Wer?"

„Na, die beiden, die gerade reingegangen sind."

„Und was ist mit denen?"

„Du weißt wohl gar nichts, was?" Frau Runde verringerte den Abstand zum Küster noch ein wenig und zeigte verstohlen mit dem Finger auf Lisa und Jan. „Die sollen doch angeblich an dem Sonntag heiraten, wo wir das Gemeindefest feiern."

„Ja, und?"

Gerhild trat ein paar Schritte zurück und ließ die beiden älteren Damen passieren, die Sonntag für Sonntag in der dritten Reihe links außen Platz nahmen. Das gab ihr genug Zeit sich auf das zu besinnen, was sie unbedingt loswerden wollte. Als die beiden Damen vorüber waren, näherte sie sich erneut Herrn Meiler und flüsterte ihm hinter vorgehaltener

Hand zu: „Ich sage nur ‚Johannes'!"

Die Verwunderung, die Herrn Meilers Gesicht ausdrückte, durfte man in diesem Fall nicht seiner Naivität zuschreiben; jeder andere hätte ähnlich reagiert.

„Was ist mit Johannes?"

„Er heißt Johannes!"

Außenstehende hätten leicht auf die Idee kommen können, dass Gerhild Runde sich ein wenig zu ungebührlich an den Küster heranmachen wollte, denn nun waren es nur noch wenige Zentimeter zwischen den beiden Köpfen.

„Der Liebhaber von Frau Osterweil heißt Johannes", zischte sie.

Herrn Meiler rutschten einige der Liedzettel aus der Hand und segelten zu Boden.

„Nee! Die Pastorin hat einen Liebhaber?"

Völlig überrascht und weil er sich gleichzeitig nach den Liedzetteln bückte, geriet ihm diese Frage etwas zu laut, so dass sie nicht nur Gerhild Runde zu hören bekam. Doch die hatte keine Gelegenheit mehr, ihr Entsetzen darüber zum Ausdruck zu bringen.

„Wer hat einen Liebhaber?"

Gerhild und Hans drehten sich gleichzeitig um; hinter ihnen stand Per Anderstatt, Mitglied im Gemeindevorstand. „Oder geht mich das nichts an?", fragte er so kurz und trocken, wie man es von ihm gewohnt war. Wenn es einen im Vorstand gab, der sich allen Themen, die besprochen wurden, nur von der sachlichen, inhaltlichen Seite näherte, dann war das Per Anderstatt, Ende 30, Steuerberater.

Erstaunlich war, dass Herr Meiler als erster reagierte und ebenso kurz antwortete: „Die Pastorin", woraufhin Gertrud ihn am liebsten auf direktem Weg in die Hölle geschickt hätte. Das konnte sie aber nicht, weil im selben Augenblick das Geschwader auf der Bildfläche erschien, Ilse, Eva und Sigrid, alle sonntäglich herausgeputzt.

„Was ist mit der Pastorin?" Ilse, die Wortführerin der drei, übernahm das Stichwort sofort.

Diesmal schwieg Hans Meiler, der inzwischen zwar ohne Worte, aber umso deutlicher mit Blicken heftig gerügt worden war.

„Die Pastorin soll einen Liebhaber haben", antwortete Per Anderstatt und schüttelte verständnislos den Kopf. „Hab ich jedenfalls so verstanden." Seine Stimme klang, als sei ihm absolut dummes Zeug erzählt worden. Ohne ein weiteres Wort bückte er sich, sammelte die noch restlichen, auf dem Boden liegenden Liedzettel auf, drückte sie Herrn Meiler in die Hand, behielt selbst einen und betrat immer noch kopfschüttelnd die Kirche.

„Wer behauptet, dass die Pastorin einen Liebhaber hat?" Ilse wollte es nun genau wissen. Der Küster schwieg auch diesmal wieder und verdrehte die Augen in Richtung von Gerhild.

„Du?", fragte Ilse. „Woher willst du das denn wissen?"

Gerhild hatte sich inzwischen einigermaßen gefangen. „Vom Markt", sagte sie, „wenn Du es genau wissen willst. Ich hab's auf dem Markt gehört. Mit eigenen Ohren."

„Ja und? Stimmt es denn?"

„Frag sie doch selbst!"

„Das werde ich auch tun!"

Ilse nahm einen Liedzettel entgegen und verschwand mit ihren Freundinnen in der Kirche. Fast wären sie an der Tür mit der Pastorin zusammengestoßen, die aufgeregt auf Herrn Meiler zu lief.

„Was ist mit den Glocken?", rief sie, „es ist schon drei Minuten nach zehn!"

Der Küster zuckte zusammen. Er drückte hastig und mit viel zu viel Druck auf den kleinen, schwarzen Kopf in dem zerbeulten Metallkasten neben der Tür. Das Läuten ließ schnell nach und klang aus. Der Gottesdienst begann mit leichter Verspätung.

16

Das Geschwader hatte seinen Stammplatz in der dritten Reihe. Dritte Reihe rechts auf der Kanzelseite. Die beiden Reihen davor waren Sonntag für Sonntag kaum besetzt. Die Pastorin hatte die Gottesdienst-Besucher zwar schon mehrmals aufgefordert, sich doch auch weiter nach vorne zu setzen. Einmal war sie sogar im Mittelgang bis vor die dritten Reihen getreten und hatte der versammelten Gemeinde augenzwinkernd erklärt: „Wenn Sie nicht zu mir kommen wollen, komme ich zu Ihnen!" Das hatte zwar für ein paar Lacher gesorgt, aber grundsätzlich nichts an dem seltsamen Phänomen geändert. Es schien irgendein unbekanntes Gesetz zu geben, das das Sitzen in den ersten Reihen untersagte und konsequent befolgt wurde.

Ilse, deren erster Blick immer dem Blumenschmuck auf dem Altar galt, war zufrieden. Die Sträuße waren gut gebunden, sie machten einen frischen Eindruck. Eva, die immer in der Mitte zwischen ihren Freundinnen saß, hatte das Röllchen mit den Pfefferminz-Bonbons aus ihrer Handtasche geholt und griffbereit neben sich auf die Bank gelegt. Sigrid war mit dem Gesangbuch beschäftigt. Sie suchte die Lieder heraus, die die Liedertafel vorsah; leider musste sie Sonntag für Sonntag feststellen, dass die Gesangbücher nur zwei Lesezeichen besaßen, und dass sie deshalb nicht die Seiten aller Lieder, die im Lauf des Gottesdienstes gesungen werden sollten, schon im Voraus mit den bunten Bändchen kennzeichnen konnte.

Auch die Pastorin hatte ihren Platz eingenommen; es war still geworden in der Kirche. Alle warteten auf die ersten Töne der Orgel.

Dort, auf der Empore, saß Ännchen Taste. Jeder, der ihren Namen im Zusammenhang mit ihrem Beruf erfuhr, musste grinsen. Sie war noch jung, die Kantorin, doch wer glaubte, dass ihre unauffällige, schlanke, fast dürre Gestalt und ihre beinahe schüchterne Zurückhaltung Rückschlüsse auf ihr Orgelspiel zuließen, der täuschte sich. Ännchen beherrschte das mächtige Instrument virtuos. Sie schien in der Lage, so gut wie jede Melodie aus ihm hervorzulocken, eingeschlossen solche der Unterhaltungsindustrie. Wer ihr bei den Proben zuhörte, konnte durchaus Zeuge eines Schlager-Wunders werden. Und wer heute hinhörte, dem fiel bald auf, dass sie diesmal eine Art Potpourri aus Liebesliedern intonierte, ungewöhnlich zart und keineswegs kitschig. Dass dieses Instrument so etwas zustande bringen konnte! Nicht wenige der Gottesdienstbesucher drehten sich um in ihren Bänken und schauten hinauf zur Empore; viele freuten sich über die ungewohnten Töne, die von da oben kamen, andere zeigten unbewegte Gesichter, und wieder andere rutschten unruhig hin und her auf den Bänken, weil sie irgendetwas auszusetzen hatten, aber sich anders nicht äußern konnten.

Warum Ännchen den Gottesdienst auf diese Weise begann, verriet die Pastorin in ihrer Begrüßung. „Die Liebe", kündigte sie an, „ist Thema unseres Gottesdienstes. Die Liebe und ihre Schönheit, aber auch das Leid, das sie bedeuten kann." Niemand war überrascht, dass der Predigttext im 1. Brief an die Korinther stand, Kapitel 13, Vers 13: „Nun aber bleiben Glaube, Hoffnung, Liebe, diese drei; aber die Liebe ist die größte unter ihnen."

Anders als sonst, wenn sie predigte, schlug die Pastorin einen ernsten, manche dachten: ängstlichen Ton an. Man war gewohnt, dass sie auch mit den schwierigsten Texten spielerisch umging und ein besonderes Talent hatte, sie ohne Krampf ins Heute zu übertragen. Meistens gelang es ihr, ungewöhnliche, aber verblüffend passende, ja witzige Worte zu finden, so dass ihre Predigten unterhaltsam waren und gerade dadurch einprägsam. Diesmal war es anders. Immer wieder machte sie kleine Pausen, in denen sie zu überprüfen schien, was sie gesagt hatte. Als ob es ihr schwer fiele, den roten Faden zu behalten. Die Liebe ‚erträgt alles, sie glaubt alles, sie hofft alles, sie duldet alles‘; dieser Vers zog sich wie ein Leitmotiv durch die Predigt. Sie betrachtete ihn von allen Seiten, schien ihn immer neu auf eine Waage zu legen und abzuwiegen, doch er schien sein Gewicht nicht zu verändern.

„Warum guckt sie uns eigentlich nicht an?“, flüsterte Ilse ihrer Nachbarin zu. Auch Eva war längst aufgefallen, dass die Pastorin keinen Blickkontakt zu ihren Zuhörern aufnahm. So als hätte sie keine, als predige sie nur für sich selbst. Manchmal musste man sich des Eindrucks erwehren, dass ihre Ergriffenheit bis an die Grenze der Peinlichkeit ging, ja: geschauspielert war. Und als sie endlich fertig war, die paar Stufen von der Kanzel hinunterstieg und sich auf ihren Platz in der ersten Reihe setzte, hatten viele das Gefühl, dass irgendetwas nicht stimmte: sie bewegte sich unsicher. Ihre Gesichtsfarbe war erschreckend blass.

„Was ist denn mit der los?“

Ilse stieß Eva an, die sich gerade ein Pfefferminz

in den Mund gesteckt hatte. Nach dem nächsten Lied würden die Abkündigungen kommen, und die waren oft unterhaltsam, weil sie einen kurzen Überblick über das gaben, was in der Gemeinde los war. Dabei konnte man ruhig ein Bonbon lutschen, ohne unangenehm aufzufallen.

„Ist sie krank?"

Sigrid beugte sich hinüber zu Ilse.

„Vielleicht hat Gerhild recht."

Sie zuckte mit den Schultern, was heißen konnte: so ganz unwahrscheinlich ist das vielleicht nicht nach dem Eindruck, den man jetzt haben musste.

„Du meinst doch nicht das mit dem Liebhaber?"

Eva stieß sie in die Seite. „Nicht so laut!"

Ännchen spielte, aber das Geschwader sang nicht mit. Die drei Damen steckten die Köpfe zusammen und tauschten sich flüsternd über Sigrids Verdacht aus. Dabei war nicht die Sensation vorrangig, die das bedeuten würde, sondern die Sorge um die Pastorin. Denn die drei liebten sie. Sie schätzten nicht nur ihre Gottesdienste. Sie bewunderten den Mut, denn sie oft zeigte und die Einfälle, die sie hatte. Etwa die der ‚fleischfreien' Gemeinde. Obwohl alle drei gestandene Köchinnen vor dem Herrn waren und seit weit zurückliegenden Kindertagen regelmäßig eine Roulade, eine Bratwurst oder ein halbes Hähnchen

146

auf dem Teller hatten. Der Gedanke, der hinter der ‚fleischfreien Gemeinde' steckte, hatte sie überzeugt. Der Zusammenhang zwischen dem Raubbau am Amazonas, dem Fleischkonsum und dem Weltklima. Was nicht hieß, dass sie zu Vegetariern geworden waren. Aber sie bekamen den Gedanken nicht mehr aus dem Kopf, und er hatte immerhin Einfluss auf ihren Einkaufs- und Speiseplan.

Als sie der Gemeinde den Segen spendete, schien sich die Pastorin etwas gefangen zu haben. Ihr gelang sogar ein Lächeln. Nur, wer sie sehr gut kannte, bemerkte den Schmerz darin.

„Gehen wir ins Kirchencafé?"

Sigrid guckte ungläubig, als Ilse die Frage stellte. „Waren wir schon mal nicht im Kirchencafé?"

„Ich fürchte, dass es da heute nicht besonders erbaulich zugeht."

Ilse deutete hinüber zu Gerhild Runde, die auf der anderen Seite des Ganges ein paar zurückgelassene Gesangbücher einsammelte und dabei sehr zufrieden aussah.

„Aber gerade deshalb müssen wir dahin!"

17

Im Gemeindesaal war alles vorbereitet. ,Fleißige Hände‘, wie es so unpersönlich hieß, wenn Ehrenamtliche gemeint waren, hatten die Tische gedeckt und mit Feldblumen geschmückt. Überall waren Schalen mit Kleingebäck verteilt. Kaffee, Tee und Wasser musste man sich an einem Servierwagen abholen. Zwei fünf- oder sechsjährige Jungen, die sich offenbar auskannten mit den Gepflogenheiten des Kirchencafés, schoben sich gegenseitig wortlos und verschämt grinsend von einem Tisch zum anderen, suchten sich so unauffällig, dass es jeder merkte, alle vorhandenen Schokoladen-Kekse heraus und steckten sie sich sofort in den Mund. Dass die Kekse schon einige Zeit offen auf einem Teller in der Küche gelegen hatten und nicht mehr die frischesten waren, störte sie nicht.

Nach und nach füllte sich der Saal. Zwei Frauen um die fünfzig, ,gute Geister’, geleiteten Rollator-Fahrer zu freien Sitzplätzen; sie wussten, wer gerne mit wem zusammen saß. Manchmal hatten sie allerdings Mühe, die Gespräche mit den alten Herrschaften

148

zu beenden, von denen viele allein lebten, viele im Seniorenheim, und die sich über jedes Wort freuten, das an sie gerichtet wurde. Ganz hinten in der Ecke des Saales hatte sich ein bescheidenes Grüppchen von Konfirmanden versammelt. Wie immer waren aber nur wenige aus der mittleren Generation gekommen.

Das Geschwader hatte auch hier seine Stammplätze: am Tisch in der Mitte des Saales. „Da sitzt die Prominenz“, sagte man, und damit waren außer den drei Damen die Pastorin und der Kirchenvorsteher, Herr Winter, gemeint. Die Stühle, die dann noch frei waren, wurden entweder von ganz Mutigen besetzt oder von denen, die keinen anderen Platz mehr fanden.

„Kommt die Osterweil nicht?“, fragte Ilse. Sie hatte sich etwas vorgenommen, und sie wäre sehr ungehalten, wenn sie nicht dazu kommen würde.

„Sollte mich wundern“, sagte Herr Winter, der Ilse gegenüber saß und auf sein Smartphone starrte, „sie kommt doch immer!“

Hätte er seinen Kopf nur um wenige Zentimeter angehoben, hätte er anders geantwortet, denn in dem Augenblick betrat sie den Saal. Ohne Talar, in einem Kleid, das auf einer sommerlichen Strandpromenade bewundert würde, in dem viele aber nicht unbedingt eine Pastorin vermuteten. Ilse winkte sie sofort an ihren Tisch. „Heike, du setzt dich heute ausnahmsweise mal zu uns!", bat sie ironisch, „wir haben etwas mit dir zu besprechen." - „Ausnahmsweise!", erwiderte die Pastorin. Sie war dankbar, dass Ilse, resolut wie immer, das Kommando übernommen hatte.

Kaum saß die Pastorin, erschien auch Gerhild Runde im Saal. An ihrer Seite Inge. Sie schauten sich um auf der Suche nach einem Platz, doch die Last der Entscheidung wurde ihnen abgenommen.

„Gerhild, Inge, kommt her, hier ist noch frei!"

Auch Inge war erleichtert, so schnell einen Platz gefunden zu haben. Gerhild allerdings schreckte bei Ilses Aufforderung zusammen; am liebsten hätte sie Inge zurückgehalten. Es blieb ihr aber nichts anderes übrig, als gute Miene zum bösen Spiel zu machen, und so folgte sie Inge. Herr Winter stand auf, schob den Stuhl neben sich ein Stückchen zurück und ließ seine ‚Kollegin' aus dem Kirchenvorstand Platz nehmen. „Darf ich Ihnen einen Kaffee holen?" Gerhild nickte ergeben. Sie brauchte etwas Zeit, um sich mit Ilses Überfall abzufinden.

Doch darauf wollte Ilse keine Rücksicht nehmen. Sie fiel mit der Tür ins Haus. „Erzähl uns doch mal, liebe Gerhild, was du auf dem Markt gehört hast."

Sie hatte es vorausgesehen, sie hatte es befürchtet. Wenn Ilse etwas verspricht, dann hält sie es auch. Das

wusste Gerhild nur allzu genau. Und Ilses Versprechen, die Pastorin nach dem zu befragen, was Gerhild
auf dem Markt gehört hatte, war ihr während des
ganzen Gottesdienstes nicht mehr aus dem Kopf
gegangen. Sie hatte es keine Sekunde vergessen. Dass
es nun auf diese Weise geschah, dass sie selbst so
bloßgestellt wurde und Farbe bekennen musste, das
machte die Sache noch unerträglicher. Und alles in
Gegenwart der Pastorin! Gerhild wusste nicht aus
noch ein, sie wand sich unter der Aufforderung Ilses
wie eine Schlange unter einem umgestürzten Baum.

Die Pastorin ahnte, was passieren würde. Irgendwann musste es ja kommen. Und sie hatte sich darauf
vorbereitet. Doch erst einmal war Gerhild gefragt.

„Naja, auf dem Markt hört man viel", sagte sie so
leise, dass es einem reuevollen Schuldeingeständnis
gleichkam.

„Lauter!", forderte Ilse, „ich versteh gar nichts."

Wie oft hatte sie sich schon über die Stänkereien
von Gerhild geärgert, die immer so scheinheilig, so
sanft und scheinbar harmlos daherkamen, tatsächlich
aber falsch und doppelzüngig waren. Doch diesmal
schien Gerhild den Mund so voll zu haben, dass sie
außer unverständlichem Gestammel gar nichts mehr
herausbrachte. Ihr Gesicht hatte sich gerötet, ihre
Hände fummelten sinnlos an einer Serviette herum.

Herr Winter steckte sein Smartphone ins Jackett; er ahnte, was sich da aufbaute, und suchte nach einer Möglichkeit, dieser unangenehmen Situation zu entkommen. Die ‚Gumsters' kamen ihm in den Sinn, und er tastete in seiner Jacketttasche nach der kleinen Packung. Gleichzeitig schaute er fragend hinüber zur Pastorin, und die handelte.

„Ich habe das Gefühl, dass es um mich geht, Frau Runde", sagte sie, „ist das richtig?"

Gerhild nickte. Die Last, die sie getragen hatte, war ihr genommen. Doch nur, um einer anderen Platz zu machen.

„Ich meine, um meine persönliche Situation."

Gerhild nickte noch einmal.

„Dann sagen Sie doch ruhig, was Sie da auf dem Markt gehört haben. Wenn es nicht der Wahrheit entspricht, werde ich es schon korrigieren."

Die Pastorin lächelte Gerhild an, wenn auch ein wenig säuerlich. So selbstsicher, wie es den Anschein erweckte, war sie keineswegs. Sie hatte Angst vor dem, was nun kommen musste. Aber es war nicht zu vermeiden, das war ihr klar. Und deshalb hatte sie Gerhild eine Brücke gebaut. Hatte den Stein mit Absicht gegen sich selbst ins Rollen gebracht. Auch Herr Winter bat Gerhild nun mit einer Handbewegung, doch endlich zu reden. „Kannst du doch ruhig erzählen!" Inge drängelte ebenfalls. Und Gerhild sah keinen Ausweg mehr.

„Ich habe gehört, dass die Pastorin mit einem Mann gesehen worden ist."

Sie zupfte an ihrer Serviette herum, die sie bereits in mehrere Schnipsel zerlegt hatte, ohne es wahrzunehmen.

„Hab ich gehört!", schob sie sofort und deutlich lauter hinterher, die Betonung auf dem ‚gehört', als könne sie die Verantwortung für die Richtigkeit ihrer Aussage keinesfalls übernehmen.

„Aber dass man auch als Frau mal mit einem Mann durch die Gegend geht, ist doch nichts Besonderes!", kommentierte Ilse.

„Sie meinen aber, dass es nicht irgendein Mann war, sondern jemand, mit dem ich eine engere Beziehung haben könnte?", half ihr Heike Osterweil. Sie schämte sich fast ein bisschen dafür, dass Gerhild so vorgeführt wurde.

„Ja", sagte Gerhild wie befreit, und die Pastorin entgegnete: „Da haben Sie vollkommen recht."

Jetzt war es heraus. Sozusagen öffentlich. Offiziell.

Herr Winter griff nach seiner Serviette, lehnte sich zurück und tupfte sich den Mund ab. Er war erleichtert. Wie gut, dass Frau Osterweil es selbst übernommen hatte, diese unangenehme Geschichte zu verkünden.

Inge konnte nicht so recht einschätzen, was dieses Eingeständnis der Pastorin bedeuten würde. Es war ihr nicht entgangen, wie Gerhild gelitten hatte. Das hatte sie unruhig gemacht, doch sie hatte auch nicht gewusst, wie sie ihr hätte zur Seite springen können. Andererseits hatte sie eine kleine, klammheimliche Freude nicht unterdrücken können. Was allerdings noch nicht gesagt war, und was ihr auf den Lippen brannte, wagte auch sie nicht zu äußern. Noch nicht.

Und das Geschwader?

Eva und Sigrid guckten sich an. „Also doch!", sagte Eva. „Ja", bestätigte Sigrid. Und Ilse? Sie war nicht die Frau, die vor neuen, unerwarteten Situationen zurückschreckte oder gar kapitulierte. Ohne lange zu zögern äußerte sie grundsätzlich, was sie dachte. ‚Die Wahrheit wird euch frei machen!', war ihr Wahlspruch. Nach Johannes.

„Es stimmt", nahm die Pastorin das Thema wieder auf. „Ich habe einen anderen Mann kennengelernt. Der Vater meiner Kinder weiß übrigens längst Bescheid."

Es war still geworden am Tisch, als die Pastorin anfing sich zu erklären. Sie schilderte, seit wann sie diesen Mann kannte und wie sich die Beziehung zu ihm entwickelt hatte bis zu dem gemeinsamen

154

Beschluss, zusammen leben zu wollen. Und sie scheute sich nicht davor, ihre Zerrissenheit zu beschreiben. Ihr inneres Hin und Her. Ihre quälenden Gewissensbisse. Die Gedanken, die sie sich über die gemeinsamen Kinder gemacht hatte. Sie zeichnete ein sehr positives, realistisches Bild ihres Mannes, lobte seine Zuverlässigkeit, seine Treue, unterließ es aber auch nicht zu erwähnen, dass seine häufige berufliche Abwesenheit die Gemeinsamkeit nicht unbedingt gestärkt habe. Ohne, dass sie es direkt sagte, war herauszuhören, dass dieser Umstand den Weg zu dem anderen Mann ‚begünstigt‘ hatte, wie sie es nannte. „Jetzt wissen Sie Bescheid. Ich bin mir darüber im Klaren, dass die Situation nicht nur für mich und meine Familie, sondern auch für die Gemeinde sehr schwierig ist. Selbstverständlich kann man über alles sprechen, was möglich ist“, beendete sie ihre Geschichte, „oder unmöglich.“

Sie griff nach ihrer Tasse, aber der Kaffee war längst kalt geworden, und so stellte sie ihn wieder zurück. Dabei sah sie, dass sich mehrere andere um ihren Tisch versammelt hatten. Per Anderstatt stand da, Frau Rückert, der Küster, Ännchen. Es sah aus wie eine inoffizielle Gemeindeversammlung. Vielleicht deshalb fühlte sich Herr Winter verpflichtet, das Schweigen zu brechen. Fast wie vor sich hin, aber doch für die Ohren der anderen bestimmt zitierte er aus der Bibel: „Was nun Gott zusammen gefügt hat, das soll der Mensch nicht scheiden." Was nicht alle als besonders glückliche Bemerkung empfanden.

Damit war die Diskussion aber eröffnet, denn jetzt kam Bewegung an den Tisch und um ihn herum. Und Frau Osterweil reagierte als Erste.

„Herr Winter, was Sie da sagen, steht, wie Sie wissen, bei Markus. Denken Sie aber daran, dass die Situation damals, vor 2000 Jahren, eine ganz andere war. Damals war gemeint, dass der Ehevertrag für eine Frau gleichzeitig ein Rechtsvertrag war, der die Frau absichern sollte. Ohne den Vertrag wäre sie rechtlos und ohne jeden Schutz gewesen. Stellen Sie sich die Folgen für eine Frau vor, schon rein wirtschaftlich. Und", ergänzte sie und sorgte damit für etwas Leichtigkeit im Gespräch, „als Gemeindevorstand wissen Sie, was ich verdiene, und dass ich damit unabhängig bin."

Einige lachten, erleichtert, dass die Unterhaltung nicht allzu dramatisch zu werden drohte.

„Ich weiß natürlich, dass die Meinungen innerhalb unserer Gemeinde verschieden sind. Und ich habe Verständnis dafür, wenn der Kirchenvorstand beschließt, eine andere Pastorin oder einen männlichen Kollegen an meiner Stelle zu bestellen. Ich habe übrigens auch den Probst über meine Sache informiert und ihm vorgeschlagen, mich zu versetzen."

„Nein!" Alle erschraken, so schrill, beinahe entsetzt war dieser Aufschrei, dieses ‚Nein' von Ilse gekommen. „Du bleibst hier, Heike!" Woraufhin lautes Gelächter einsetzte, denn das ‚Nein' war unüberhörbar aus tiefster Seele gekommen. Ein Wunder, dass Ilse nicht mit der Faust auf den Tisch geschlagen hatte.

„Wenn Sie gehen, gehe ich auch!"

Das kam von Ännchen. Nicht scheu und schüchtern, wie man sie kannte, sondern voller Überzeugung.

„Ich bin auch dafür, dass Sie bleiben." Wenn Per Anderstatt sich zu Wort meldete, konnte man sicher sein, dass es sachlich, aber konstruktiv wurde. „Aber darüber muss der Vorstand befinden. Abgesehen davon, was Sie und Ihr Mann zuerst einmal selbst entscheiden müssen, Frau Pastorin."

Herr Winter, der länger geschwiegen hatte, meldete sich erneut zu Wort. Das heißt, er nahm es sich.

„Frau Osterweil, Sie können sicher sein, dass die Gemeinde alles tut, um eine gute Lösung zu finden für Sie, Ihre Familie und auch für uns. Sie haben allerdings selbst darauf hingewiesen, dass die Meinungen innerhalb der Gemeinde verschieden sind. Und ich fürchte, dass eine Pastorin, die ihren Mann verlässt, um mit einem jüngeren zusammen zu leben, für

157

Unruhe sorgt.“

Schon war sie da, die Unruhe. Das Geschwader empörte sich laut und wütend über die Formulierung, die Herr Winter gewählt hatte: dass sie ‚ihren Mann verlässt um mit einem jüngeren zusammen zu leben‘. „So'n Quatsch!“, empörte sich Ilse, „Sie haben doch gehört, was für ein Konflikt das ist für Frau Osterweil.“

„Bitte, Frau Ilse!“

Alle mussten laut loslachen über den unbeabsichtigten Zusammenprall von ‚Sie‘ und ‚Du‘, obwohl es ihnen selbst nicht anders ging als Herrn Winter: niemand kannte Ilses Familiennamen. Sie war einfach ‚Ilse‘.

„Ich bilde mir ein, keinen Quatsch zu reden. Und Sie können davon ausgehen, dass ich keine Vorurteile habe, schon gar nicht, was den Mann betrifft, den Sie, liebe Frau Osterweil, kennengelernt haben …“ Was er noch sagen wollte, musste er für sich behalten. An dieser Selle unterbrach ihn nämlich ein Zwischenruf, einer, der alle hochschreckte wie ein kollektiver Tarantelstich: „Johannes heißt er!“

Inge! Sie hätte sich am liebsten die Zunge abgebissen. Hätte alles dafür gegeben, sich in Luft aufzulösen.

Ilse, kaum hatte sie den Namen gehört, dachte

an die Wahrheit, die freimacht, und konnte sich ein Grinsen kaum verkneifen.

Gerhild sah blitzartig die unterste Schublade vor sich, den Kramladen im Büro der Pastorin, darin das Foto mit den Tannen und dem lachenden Mann, auf der Rückseite das handgeschriebene ‚Johannes‘.

Und für Heike Osterweil war eine Frage beantwortet.

18

Am Tag darauf, am Montag, war es erholsam ruhig im Gemeindehaus. Frau Rückert saß auf dem ‚Heiligen Stuhl' vor ihrem PC und sichtete die Mails, die übers Wochenende gekommen waren. Herr Meiler war mit Putzeimer und Besen im Gemeindesaal beschäftigt; auf einem der Tische dort stand ein Becher mit kaltem Kaffee, daneben lag die Fußballzeitung.

Aus der Kirche drangen Orgeltöne; dort übte Ännchen. Sie hatte nicht bemerkt, dass sie eine stille Zuhörerin hatte, die in einer der Bänke unterhalb der Empore saß. Deshalb erschrak sie, als sie nach einem Stück in die Stille hinein von unten das Knarren der Holzdielen hörte. Erschrocken erhob sie sich von der Orgelbank und beugte sich über die Brüstung der Empore.

„Ach, Sie!"

„Ja, ich!" Die Pastorin grüßte nach oben. „Schön spielen Sie!"

„Augenblick, Frau Osterweil, ich komm runter."

Ännchen hatte auf einmal den Wunsch, mit der

Pastorin zu reden. Das Gespräch im Kirchencafé war ihr nicht aus dem Kopf gegangen. Und als sie sie plötzlich so allein da stehen sah …

„Es hat mir so gut getan, als Sie sich gestern für mich ausgesprochen haben", sagte die Pastorin. Ännchen nickte verlegen. Die beiden setzten sich wie selbstverständlich in die erste Reihe vor das Lektorenpult, wo sie schon oft den Ablauf eines Gottesdienstes besprochen hatten. Auf dem Altar standen noch die Blumen von gestern; Herr Meiler würde sie irgendwann abholen und in den Gemeindesaal tragen, für den Seniorenkreis am selben Nachmittag.

„Ich muss Sie mal etwas fragen, Ännchen. Als Inge gestern den Namen meines … Bekannten nannte, da hab ich mich natürlich gefragt, woher sie ihn weiß. Und vor einer Woche war mir aufgefallen, dass jemand in meinem Büro gewesen sein muss, das ich eigentlich immer abschließe. Können Sie sich vorstellen, dass Inge …"

„Nein", kam es spontan von Ännchen, „das würde Inge sich nie trauen. Aber ich könnte mir denken, woher sie es hat." Sie zögerte kurz. „Muss ich aber nicht sagen, Frau Osterweil, oder?"

„Natürlich nicht. Ich weiß ja, was Sie denken."

Das Gespräch stockte, obwohl beide Frauen den starken Wunsch hatten, es fortzuführen. Ännchen nahm schließlich ihren ganzen Mut zusammen und stellte die Frage, die alle anderen zusammenfasste: „Was wollen Sie denn jetzt machen, Frau Osterweil?"

„Ja, Ännchen, was will ich machen? Ich hab mich entschieden, mit Johannes zu leben; darin bin ich mir ganz sicher. Das ist aber auch das Einzige. In allem anderen muss ich mich natürlich mit meinem Mann absprechen."

„Und Ihre Kinder?"

Für ein paar Sekunden wirkte die Pastorin wie abwesend, dann besann sie sich wieder.

„Am liebsten würde ich sie zu mir nehmen. Nur … das möchte mein Mann natürlich genauso."

„Kann er das denn? Er ist doch viel unterwegs, oder?"

„Ja, schon, das stimmt. Aber er hängt natürlich auch an den beiden. Er ist ihr Vater!"

„Ich meinte nur, dass er die Kinder gar nicht nehmen kann, wenn er so oft von zu Hause weg ist."

Ja, dachte die Pastorin, genau das ist das Problem. Aber sie antwortete: „Das ist so, Ännchen, aber ich muss natürlich auch seine Situation sehen und seine Wünsche berücksichtigen. Er hat ja auch Rechte. Ich muss jedenfalls davon ausgehen, dass er eine gute Lösung für sich und die Kinder findet."

Ännchen ging so vieles gleichzeitig durch den

Kopf. Obwohl sie selbst unverheiratet war und auch ohne eine feste Beziehung lebte, sah sie sehr wohl die Probleme, die sich vor der Pastorin aufbauten. Da war ja nicht nur die Familie. Da war auch ihr Beruf, die Arbeit.

„Es wäre so traurig, wenn Sie weggehen würden, Frau Osterweil. Seit Sie da sind, ist alles so anders geworden. Lebendiger. Das sagen viele."

Die Pastorin hielt kurz inne. Sie war dankbar für das, was Ännchen da so nebenbei gesagt hatte. Es war eine wunderbare Anerkennung für sie.

„Ja. Aber es gibt eben auch die anderen, die nicht einverstanden sind mit meiner Arbeit. Sie wissen vielleicht, wen ich meine. Denken Sie nur an den Ärger, den mein Vorschlag von der fleischfreien Gemeinde ausgelöst hat. Und diese Unzufriedenen haben jetzt natürlich einen willkommenen Grund mich loszuwerden."

Ännchen schwieg.

„Ich habe den Probst jedenfalls gebeten, eine andere Stelle für mich zu finden. Vielleicht wäre das die beste Lösung."

Am liebsten hätte sie die Pastorin in den Arm genommen, aber das traute sie sich nicht.

„Weißt du - Entschuldigung! - wissen Sie, das alles tut mir so weh. All diese Schmerzen, nur, weil ich einen anderen Mann kennengelernt habe. Wenn ich meine Kinder sehe, würde ich am liebsten die Beziehung zu Johannes abbrechen; dann wären alle Probleme gelöst. Und mein Mann, der tut mir auch leid. Ich kann mich über nichts beklagen. Ich will ihm nichts Böses. Aber ich kann nicht anders. Johannes gibt es nun mal! Ich liebe ihn!"

Ännchen saß in sich zusammengekauert auf der Bank, die Hände vor der Brust zusammengepresst, und hörte still zu. Sie entdeckte die Schmerzen, von der die Pastorin gesprochen hatte, in deren Gesicht.

„Das Schlimme ist, dass ich so tun muss, als sei nichts geschehen, obwohl es spätestens seit gestern alle wissen."

Ännchen nickte.

„Ich muss mich um andere kümmern und mich in sie hineinversetzen, obwohl ich nur an Johannes und meine Familie denken kann. Morgen habe ich eine Beerdigung. Ein Mann, gerade in Rente gegangen, über Nacht gestorben. Seine Frau weiß nicht ein noch aus. Was soll ich da sagen? Ich muss sie trösten, ich muss ihr Mut machen. Aber wie denn, wenn ich nur an meine Probleme denken kann?"

Zitterte sie? Ännchen legte ihr vorsichtig die Hand auf die Schulter.

„Heute nacht habe ich fast gar nicht geschlafen.

Manchmal hatte ich das Gefühl, keine Luft mehr zu kriegen. Ich hatte Herzklopfen und hab geschwitzt, obwohl es kühl war in meinem Zimmer."

Ännchen ließ sie ihre Hand deutlicher spüren; die Pastorin seufzte und schaute die Kantorin dankbar an.

„Jetzt spielen Sie aber ruhig weiter, Ännchen! Ich bin eigentlich nur in die Kirche gekommen, um zu beten. Aber das kann ich später auch noch machen."

„Nein, Frau Osterweil, das machen Sie sofort. Ich muss sowieso noch ins Gemeindebüro zu Frau Rückert."

Sie stand auf und drückte ihr noch einmal ihre Hand auf die Schulter. Die Pastorin zitterte tatsächlich. Und Ännchen ging.

19

Nachdem Inge im Kirchencafé der Name ‚Johannes‘ entschlüpft war, würdigte Gerhild sie keines Blickes mehr. Vorgestern war das. Und in quälender Erinnerung an diesen unverzeihlichen, peinlichen Moment waren ihr immer neue Beschimpfungen für Inge eingefallen. Erst als sie ins Grübeln darüber geriet, woher sie den Namen eigentlich wusste, kam ihr das Telefongespräch in den Sinn. Das Telefongespräch mit Inge, in dem sie ja selbst den Namen ausgeplaudert hatte! Und anders als Inge in ihrer harmlosen Unbedachtsamkeit ja ganz gezielt. Von dem Augenblick an fielen ihre heimlichen Schmähreden eine Spur gemäßigter aus. Was nicht bedeutete, dass sie Abbitte leistete.

Hatte Frau Rückert von dieser unsäglichen Geschichte gehört?

Als Gerhild im Kirchenbüro in ihr Fach guckte, war der Sekretärin nichts anzumerken. Sie war entgegenkommend wie immer, ließ sich von ihrer Arbeit aber nicht ablenken. Dabei wäre Gerhild zu gerne mit ihr ins Gespräch gekommen.

„Gibt es eigentlich schon eine Tagesordnung für morgen, für die Vorstandssitzung?", fragte sie schließlich so nebenbei wie möglich; etwas Schlüssigeres fiel ihr nicht ein. Es interessierte sie auch gar nicht. Doch völlig unerwartet hatte sie damit ins Schwarze getroffen.

„Nur die üblichen Geschichten", sagte Frau Rückert, „und natürlich die Entwürfe für das neue Gemeindehaus."

Gerhild horchte auf. „Von Herrn Osterweil? Die Pläne?"

„Ja. Er wollte gerne persönlich noch ein paar Einzelheiten erläutern. Energieeffizienz, Raumaufteilung und so Sachen."

„Das heißt, er kommt zur Sitzung?"

„Soviel ich weiß, hat er das vor. Heute am späten Nachmittag bringt er die Unterlagen, die ich einscannen soll, dann wird er sich bestimmt dazu äußern."

„Hat er gesagt, wann er kommt?" Gerhild hatte plötzlich einen Plan.

„Kurz vor 18.00 Uhr; bevor ich hier Schluss mache."

*

Der Plan, den Gerhild im Kopf hatte, war eigentlich noch keiner. Es war nur eine Absicht, eine vage Idee, die sich von einer Sekunde auf die andere fest in ihrem Kopf verbissen hatte: sie musste unbedingt mit Herrn Osterweil selbst sprechen. Und jetzt plötzlich hatte sie die Möglichkeit dazu. Das Dumme war, dass sie den Mann der Pastorin nur vom Sehen kannte. Wie sollte sie ihn ansprechen? Und was wollte sie eigentlich von ihm wissen? Egal! Diese Chance durfte sie sich nicht entgehen lassen.

Als Frau Rückert kurz vor 17.00 Uhr die Küche betrat, um ihren Kaffeebecher in die Spülmaschine zu stellen, traf sie zu ihrer Überraschung auf Gerhild. Die schien vom Putzteufel besessen zu sein. Denn einer der großen Hängeschränke war komplett ausgeräumt. Auf den Arbeitsplatten, dem Kühlschrank, dem Herd: überall stapelten sich Gläser und Geschirr. Gerhild stand oben auf der Leiter und wischte den Schrank aus, was sie in vielen Jahren noch nie getan hatte.

„Das ist ja sehr lobenswert", sagte Frau Rückert verblüfft, „was hat Sie denn auf die Idee gebracht?"

„Haben Sie mal hier oben reingeguckt?" Gerhild

war nicht verlegen um eine Antwort. „Hier klebt alles. Das ist eine richtige Schweinerei. Absolut unhygienisch. Mich wundert nur, dass hier noch nichts herum krabbelt." Ihre Behauptungen unterstreichend, scheuerte sie mit einem Schwamm durch die Ecken, als ginge es um mehr als einen sauberen Schrank.

Die Sekretärin staunte und schwieg. Denn die Putzfrau, die sie seit vielen Jahren hatten, war mehr als eine Perle. Und es war kaum vorstellbar, dass sie es so weit hatte kommen lassen. Andererseits waren die Motive, die hinter Gerhilds Aktivitäten steckten, nicht immer klar erkennbar. Es war besser, man ließ sie tun, was sie wollte, solange kein Dritter Schaden nahm. Und so stellte Frau Rückert ihren Kaffeebecher, den sie immer noch in der Hand hielt, in die Spülmaschine und verzichtete auf jeden weiteren Kommentar.

„Ich mache jetzt doch schon Feierabend, Frau Runde, etwas früher als eigentlich geplant. Und wie gesagt, gegen 18.00 kommt Herr Osterweil. Ich lasse mein Büro ausnahmsweise mal offen. Erschrecken Sie nicht, wenn Sie jemanden im Flur hören! Und sollte Herr Osterweil wieder gehen und Sie sind noch hier, schließen Sie doch bitte ab und geben Sie mir den Schlüssel morgen."

Kaum war die Sekretärin verschwunden, stieg

Gerhild von der Leiter herab und spähte durch die Küchentür, was sie, je näher es an 18.00 Uhr heranging, immer häufiger tat. Bis sie endlich die ersehnten Schritte hörte. Sie trat entschlossen auf den Flur hinaus, tat überrascht, presste beide Hände an ihre Brust und holte tief Luft.

„Oh, Gott, hab ich mich erschrocken!" Der Blick, den sie Herrn Osterweil entgegen warf, war bühnenreif.

„Bitte, bitte, dazu besteht kein Grund." Er lachte freundlich. „Mein Name ist Osterweil. Ich will nur etwas im Büro hinterlegen. Frau Rückert weiß Bescheid."

„Ja, das hat sie mir gesagt. Mein Name ist Runde, Gemeindevorstand."

Bernd Osterweil nickte und ging weiter.

„Sagen Sie, Herr Osterweil, wenn ich Sie schon zufällig treffe, darf ich ihnen eine Frage stellen?"

„Ja?"

Er blieb stehen. Gerhild druckste herum. „Es ist eigentlich keine Frage, ich wollte nur sagen" - ihr Gesichtsausdruck, ihre Hände, ihr ganzer Körper schienen im Voraus um Verzeihung zu bitten - „ich wollte nur sagen, wie leid es mir tut, dass Sie und Ihre Frau sich trennen wollen."

Der Architekt spürte eine unangenehme

170

Verlegenheit; er wusste nicht, was er sagen sollte.

„Wenn wir Ihnen irgendwie helfen können …"

„Das ist sehr freundlich von Ihnen", entgegnete er hilflos. Unschlüssig. Abwartend. Ratlos, was aus dieser Situation werden sollte.

„Und Sie haben doch zwei kleine Kinder!"

„Kennen Sie sie?"

„Ja, natürlich. Ich habe sie schon oft mit Ihrer Frau gesehen. Und sie sind doch in unserer Kita."

Spätestens jetzt hätte Herr Osterweil das Gespräch am liebsten abgebrochen, aber er wollte nicht unhöflich sein, Frau Runde nicht vor den Kopf stoßen.

„Ja, für die beiden wäre das natürlich schlimm. Allerdings ist ja noch gar nicht entschieden, was wir machen."

Sollte er nicht doch einfach weitergehen ins Büro von Frau Rückert?

„Die Situation ist jedenfalls unerfreulich. Für meine Frau genauso wie für mich. Aber es wird schon eine Lösung geben."

„Ja, das hoffen wir alle."

Gerhild spürte, dass Herr Osterweil das Gespräch gerne beenden würde. Doch sie war noch nicht zufrieden.

„Es wird bestimmt eine Lösung geben, das hoffen wir ja alle. Ihre Frau hat ja selbst gesagt, im

Kirchencafé, dass die Situation auch für die Gemeinde sehr schwierig ist. Und dass sie es dem Probst überlässt, sie in eine andere Gemeinde zu versetzen."

Sie dachte einen Augenblick nach, aber wohl nicht konsequent genug, denn sie schickte etwas unbedarft hinterher: „So eine neue, engere Beziehung ist natürlich ein Problem."

Herr Osterweil zuckte zusammen, das wurde ihm jetzt deutlich zu intim. Gerhild registrierte sofort, dass sich das Gesprächsklima verändert hatte; plötzlich schien Herr Osterweil ernsthaft verärgert zu sein.

„Hat sie das gesagt: engere Beziehung?"

„Ja, das hat sie so gesagt. So ungefähr jedenfalls."

„Das überrascht mich. Ich kenne meine Frau eigentlich ganz anders. Aber eines ist für mich klar, Frau …" - „Runde!" - „Ja, Frau Runde, Entschuldigen Sie bitte, aber was das betrifft, können Sie ganz sicher sein: ich werde einer Scheidung niemals zustimmen."

Er wünschte ihr einen guten Abend und ging entschlossen weiter ins Büro von Frau Rückert. Gerhild schaute ihm kurz hinterher. Dann stieg sie zufrieden hinauf auf die Leiter und begann, den Küchenschrank wieder einzuräumen. Dabei hörte sie immer von neuem, wie in einer Endlosschleife, den Satz: „ … ich werde einer Scheidung niemals zustimmen."

20

Am Tag darauf trat der Gemeindevorstand zu einer außerordentlichen Sitzung zusammen. Zuerst war viel spekuliert worden, um welches so dringende Thema es sich dabei handeln könnte; allen Mitgliedern dieses Gremiums war klar, dass es nicht nur um die Pläne für das neue Gemeindehaus gehen konnte. Da musste noch etwas anderes, Außergewöhnliches sein. Doch niemand musste lange rätseln, was dieses Außergewöhnliche sein konnte, denn das neue ‚Verhältnis' der Pastorin sickerte nach und nach zu allen durch, zuerst langsam und hinter vorgehaltener Hand, dann immer schneller und offener.

Trotz dieses überaus pikanten Tagesordnungspunktes waren um Punkt 20 Uhr noch längst nicht alle eingetroffen; außer Gert Winter waren nur Frau Rückert, Ännchen Taste und Per Anderstatt rechtzeitig erschienen. Die Sekretärin war noch dabei, ihrem Vorstand eine unwichtige Veränderung auf der Tagesordnung zu erläutern; Ännchen Taste huschte unermüdlich zwischen Saal und Küche hin und her und goss Tee auf - schwarzen, roten und Pfeffer-minztee. Allein Herr Osterweil, der seine Entwürfe für das neue Gemeindehaus vorstellen wollte, saß hinter dem Beamer und guckte vorwurfsvoll auf seine Uhr; Unpünktlichkeit war er nicht gewohnt. Herr Winter, der die Ungeduld des Referenten nicht über-sehen konnte und dem die Situation unangenehm war, wartete noch drei Minuten, sprach dann rasch eine kurze, aber launige Begrüßung, dankte Herrn Osterweil für seine Bereitschaft, die Pläne persönlich zu erläutern, und erteilte ihm das Wort - „auch, wenn wir noch nicht vollständig sind. Aber Herr Osterweil ist sicher froh, wenn er bald in den verdienten Feier-abend gehen kann. Ännchen, können Sie mal die Vorhänge schließen, dann sehen wir alle besser."

Als der Architekt seinen Vortrag beendet hatte und gegangen war - niemand hatte übrigens eine Nach-frage gestellt oder um eine Erläuterung gebeten; es schien, als gebe es so etwas wie Berührungsängste Herrn Osterweil gegenüber -, lockerte sich die Stim-mung. Inzwischen war man auch vollzählig. Und Herr Winter begrüßte ein weiteres Mal, diesmal „unter uns". Wie ihn die Pastorin gebeten hatte, entschuldigte er ihre Abwesenheit. „Frau Osterweil fühlt sich nicht wohl."

„Kann ich gut verstehen!", murmelte Gerhild

Runde vor sich hin, aber doch laut genug, dass es niemand überhören konnte.

„Also bitte, Frau Runde!" Herr Winter wusste selbstverständlich, was er als Versammlungsleiter zu tun hatte. „Wir wollen doch nicht spekulieren!"

Gerhild reagierte keineswegs verschnupft auf diese etwas versteckte Rüge. Oder war es etwa gar keine? Das ‚spekulieren', so schien es ihr, hatte einen leicht ironischen Unterton. Siegesbewusst blickte sie in die Runde der Versammelten und ließ noch einen unverständlichen Kommentar folgen, auf den sie aber außer einem missbilligenden Blick von Ännchen nur Schweigen erntete.

„Lassen Sie uns schnell die üblichen Tagesordnungspunkte erledigen, bevor wir über den Fall Osterweil reden - über Frau Osterweil, meine ich natürlich."

Die üblichen, routinemäßigen Themen - Amtshandlungen, Kollekten, Lektoren-Dienste und Verschiedenes - wurden diesmal ungewöhnlich zügig abgearbeitet. Nur Wolle, der keine Gelegenheit ausließ, seine Qualifikation als Elektromeister in Erinnerung zu rufen, bat die Versammlung unter „Verschiedenes" zum wiederholten Male, ihren Blick auf die gläsernen Deckenleuchten zu richten, die er auf LED umzustellen empfahl. Das tat er allerdings nicht zum ersten

Mal, so dass einige demonstrativ und etwas genervt zur Saaldecke blickten. Einen Kostenvoranschlag, um den er bereits vor vielen Wochen gebeten worden war, hatte Wolle jedoch immer noch nicht fertiggestellt. Das musste er nach einigem Hin und Her kleinlaut bekennen.

„Sie wissen ja, dass wir ein kleines Problem haben", eröffnete Herr Winter endlich die Angelegenheit Osterweil. „Die Frage, vor der wir stehen, ist, wie wir damit umgehen."

Woraufhin zunächst einmal ein unkontrolliertes Geschnatter einsetzte. Alle redeten durcheinander, jeder unterbreitete seinem Nachbarn, was der längst wusste. Der Vorstand ließ es großzügig zu. Er gefiel sich darin, ‚seine Leute' am langen Band zu führen, wie er es dem Propst einmal verraten hatte. ‚Solange das Schiff auf Kurs bleibt', hatte er ihm bedeutet, „darf man dem Ruder gerne etwas Spielraum geben." Er war jedoch ernsthaft verwundert, als sich ausgerechnet Gerhild Runde unvorhergesehen und ganz diszipliniert zu Wort meldete. Er bat um Ruhe, und sie wartete, bis es still geworden war.

„Ich habe mit Herrn Osterweil darüber gesprochen!"

Dieser kurze Satz und der triumphierende Blick, den sie Beifall heischend rund um den ganzen

Versammlungstisch schickte, verfehlten nicht ihre Wirkung. Was war passiert? Hatte Gerhild Runde etwa mit Herrn Osterweil über die Sache mit seiner Frau gesprochen? War das möglich? Wie kam sie dazu? Wusste seine Frau davon? Und was war dabei herausgekommen?

Gerhild legte eine vielsagende Pause ein, von der sie jede Sekunde genoss. Als sie die Spannung selbst kaum noch ertragen konnte, legte sie nach. Und setzte dabei jedes einzelne Wort so betont, dass alle Anwesenden sich der außerordentlichen Bedeutung des Gesagten sicher sein konnten.

„Ich werde einer Scheidung niemals zustimmen."

Ein weiterer, wohl geplanter Überfall. Denn niemand konnte diesen kryptischen Satz auf Anhieb einordnen. Alle schauten Gerhild verständnislos, perplex an, bis nach und nach die ersten begriffen, was gemeint war. Gerhild kostete die Wirkung des Zitates gründlich aus, bevor sie es ein weiteres Mal genüßlich wiederholte: „‚Ich werde einer Scheidung niemals zustimmen', das hat er wörtlich zu mir gesagt."

Auf diese Aussage folgte tiefes Schweigen. Dann hörte man hier und da ein vorsichtiges Flüstern, das sich aber bald wie eine auf den Strand zulaufende Welle immer höher aufbaute und schließlich überschlug.

„Moment, meine Damen und Herren", ging Herr Winter dazwischen, „ich kann Ihre Aufregung verstehen. Aber bitte! Lassen Sie uns kühlen Kopf bewahren!" Er wartete ab, bis es etwas ruhiger geworden war und kaute auf einem ‚Gumsters' herum. Es roch leicht nach Mango. „Wir wollen doch der Reihe nach vorgehen. Was wir zunächst einmal wissen, ist, dass Frau Osterweil sich von ihrem Mann trennen will."

„Aber er wird doch niemals zustimmen!" Gerhild plusterte sich voller Entrüstung auf. Hatte sie das nicht vor wenigen Sekunden laut und deutlich verkündet?

„Liebe Frau Runde, dass ändert zunächst mal nichts daran, dass seine Frau sich von ihm trennen will. Das kann sie übrigens auch ohne Scheidung."

„Und das geht uns hier auch gar nichts an! Das ist eine ganz private Angelegenheit."

„So ist es, Herr Anderstatt." Herr Winter nickte ihm dankbar zu. Auf Per Anderstatt war Verlass, wenn es darum ging, die Diskussion auf Kurs zu halten. Dass Per nicht gerade Sympathien für Gerhild Runde hegte und ihr gerne in die Parade fuhr, war Gert Winter in diesem Fall nur allzu recht. „Ich als Vorstand möchte den Blick natürlich auf unsere Gemeinde lenken und die Frage stellen: Was bedeutet das für uns? Frau Osterweil, so viel ich weiß, hat übrigens von sich aus den Probst um ihre Versetzung gebeten, ohne dass ich mit ihr über diese Möglichkeit gesprochen hätte."

„Das ist natürlich ganz allein ihre Sache, also die von Frau Osterweil", griff Herr Anderstatt wieder ein, „aber wir hier sollten darüber reden, was wir wollen." Er betonte das ‚wir'. „Ich persönlich bin nämlich der Meinung, dass Frau Osterweil ihre Arbeit sehr gut macht. Soweit ich das beurteilen kann, kümmert sie sich um die Senioren genauso wie um die jüngeren Leute. Ihre Predigten sind alles andere als langweilig, finde ich. Und mein Eindruck ist, dass sie, seit sie bei uns ist, an vielen Stellen für frischen Wind gesorgt hat. Sie ist, wie man so sagt, innovativ." Selten hatte Per Anderstatt eine so lange Rede gehalten. „Und Mut hat sie auch!"

„Ja. Sie kümmert sich sogar um jedes einzelne Würstchen."

Gerhild konnte einfach nicht an sich halten, und ihr Zwischenruf sorgte für spontanes Gelächter. Das quittierte sie mit hoch erhobenem Kopf. Doch allen im Saal blieb das Lachen bald im Halse stecken. Sie spürten sehr schnell, dass Gerhilds Einwurf alles andere als witzig gemeint war. Und obwohl auch Herr Winter die Würstchen-Debatte als außerordentlich überflüssig empfunden hatte und am liebsten vermieden hätte, fühlte er sich verpflichtet, die abwesende Pastorin in Schutz zu nehmen. „Frau Runde, Sie wissen, dass wir über dieses Thema ausführlich diskutiert und uns auf einen Kompromiss geeinigt haben. Das sollten auch Sie akzeptieren."

An dieser Stelle der Debatte hob Ännchen ihren Finger. Das kam äußerst selten vor, und meist nur dann, wenn es um Musik ging. Alle hörten genau hin, als sie zu reden begann.

„Ich finde, wir sollten keine Witze in dieser Sache machen. Unsere Pastorin ist in einer sehr schwierigen Lage, und sie macht es sich nicht leicht. Ich weiß, wie sie sich quält. Ich weiß, dass sie nicht nur an sich denkt, sondern vor allem an Ihren Mann und ihre Kinder."

„Und an Johannes!"

Kaum war ihr das heraus gerutscht, war Gerhild klar, dass sie besser den Mund gehalten hätte. Sie griff nach ihrer Handtasche, öffnete sie hastig und begann, etwas darin zu suchen - was, wusste sie selbst nicht. Doch der plumpe Versuch, sich zu verstecken und unangenehme Nachfragen zu vermeiden, misslang: Herr Winter lehnte sich bereits auf seinem Stuhl zurück. Das tat er immer, wenn er nachdachte oder eine besonders unangenehme Frage auf der Zunge hatte. Er ließ Gerhild aber noch ein Weilchen schmoren, und wartete demonstrativ, bis sie ihre

Tasche wieder weggelegt hatte. Erst dann sprach er sie direkt an.

„Richtig, Frau Runde, Johannes heißt er. Seit Sonntag wissen wir das ja, seit Inge das, sagen wir mal, ausgeplaudert hat."

Gert Winter nickte gemächlich mit dem Kopf, als wolle er sich an die Szene im Gemeindecafé erinnern und so seine eigene Aussage bestätigen. Gerhild war klar, dass da noch mehr kommen musste. Und es kam.

„Wissen Sie übrigens, woher Inge dieser Name bekannt war? Sie sind doch ganz gut befreundet mir ihr, nicht wahr?"

Es war so still geworden im Gemeindesaal, dass man von irgendwoher, weit entfernt, ein Baby schreien hören konnte.

„Wissen Sie, Frau Runde, ich frage deshalb, weil da etwas sehr Unschönes passiert ist. Die Pastorin hat mir berichtet, dass irgendjemand an ihrem Büroschrank gewesen ist, obwohl das Büro selbst abgeschlossen war."

„Also wir wollen doch, bitte sehr, keine schmutzige Wäsche waschen und niemanden verdächtigen; so etwas gehört nicht hierher!" Herr Anderstatt äußerte laut sein Missfallen.

„Entschuldigen Sie, Sie haben natürlich recht!",

räumte Herr Winter ein. „Im Prinzip jedenfalls. Ich wollte eigentlich nur davor warnen, Frau Osterweil in irgendeiner Weise zu verurteilen oder hinter ihr her zu schnüffeln. Aber gut! Lassen Sie uns auf die Frage zurückkommen, wie wir als Gemeinde mit dem Fall umgehen wollen. Was meinen Sie?"

Man guckte sich gegenseitig an; aus den Gesichtern sprach aber nichts als Ratlosigkeit. Wie üblich wollte niemand riskieren, einen unüberlegten Vorschlag zu machen.

„Es gibt ja nur zwei Möglichkeiten", übernahm Herr Winter die Führung so, wie er es als Vorstand tun musste und wie es ihm auch am liebsten war. Denn ehe Ideen geäußert wurden, die ihm gar nicht gefielen, sorgte er lieber gleich für die Vorgaben, die seinem Denken entsprachen. „Entweder bleibt Frau Osterweil bei uns - oder sie geht. In letzterem Fall würden wir uns, wie die Pastorin selbst vorge- schlagen hat, an den Probst wenden. Im ersten Fall …" - „… wird es reichlich Ärger geben!" Gerhild sah ihre Chance und konnte wieder einmal nicht an sich halten.

„Bitte, Frau Runde, Sie haben das Wort."

Das war eine unüberlegte, aber, wie sich bald herausstellte, geschickte Replik; Herr Winter war sehr zufrieden mit sich. Denn nun hatte sich Gerhild mit ihrer vorlauten Äußerung den Schwarzen Peter eingehandelt. Offiziell das Wort zu haben liebte sie nämlich gar nicht. Ihre Ansicht in Ruhe vorzutragen und sich einer Diskussion zu stellen, war nicht ihre Sache. Sie zog es vor, ihre Kommentare guerillaartig unterzubringen. Unerwartet aus dem Hinterhalt zuschlagen und sich dann schnellstmöglich zurückziehen, das war ihre Devise, auch wenn sie sich das selbst noch nie klargemacht hatte. Aber nun war sie aufgefordert, ihre Behauptung öffentlich zu begründen, und es blieb ihr nichts anderes übrig, als ihre Meinung klar und deutlich und ohne spitzzüngige Kürze zu erläutern.

„Wenn Frau Osterweil hier bleibt, werden das einige Gemeindeglieder nicht mitmachen. Die werden sich ganz schnell eine andere Gemeinde suchen!" Gerhild bemühte sich, ruhig zu bleiben. „Ich weiß von etlichen, die das schon angekündigt haben. Und was das für St. Lukas bedeutet, können wir uns doch gut vorstellen."

„Wer denn?", fragten einige, obwohl sie wussten, dass sich viele, gerade unter den SeniorInnen, an Gerhilds Meinung orientierten und sich von ihr beeinflussen ließen. Doch darauf ging Gerhild nicht ein.

„Eine Pastorin, die ihren Mann und ihre Kinder einfach sitzen lässt und sich einen anderen schnappt

..."

„ ...- bitte, Frau Runde, das sollten Sie doch etwas anders formulieren, ja?" Herr Anderstatt war empört; Frau Runde guckte ihn jedoch auf seinen Einwurf hin nicht einmal an.

„Also, eine Pastorin, die ihre Ehe aufkündigt, gehört nicht in unsere Gemeinde." Jetzt hatte Gerhild zu ihrer eigenen Überraschung den, wie sie glaubte, passenden Ton gefunden: nicht unsachlich, aber deutlich. „Eine Pastorin sollte moralisch unantastbar sein. Sie sollte ein Beispiel für alle anderen sein." Gerhild war von ihrem Stuhl aufgestanden, was ihre Thesen wohl untermauern sollte. „Denken Sie doch mal darüber nach, was das für unsere Gemeinde bedeutet! Wir haben einen guten Ruf. Bei uns hat es noch nie einen Skandal gegeben. Aber wenn wir das tolerieren, was die Osterweil vorhat, dann werden alle über uns lachen und mit dem Finger auf uns zeigen. Finden wir das gut?" Es klang wie ein überlegtes Plädoyer. „Eines können Sie mir glauben: Ich nehme nicht mehr an einem Gemeindefest mit dieser Pastorin teil, das geht gar nicht!"

Sie setzte sich, das Gesicht gerötet.

„Bitte Wortmeldungen!", forderte Herr Winter auf.

Nach und nach dämmerte es ihm, dass die Gemeinde - und damit er als Vorstand - vor einem ernsten Problem stand, das er nicht allein mit seiner Erfahrung und Jovialität lösen konnte. Und auch wenn er von Gerhild Runde nicht allzuviel hielt und sie ihm oft genug auf die Nerven ging: diesmal hatte sie es auf den Punkt gebracht. ‚Eine Pastorin sollte moralisch unantastbar sein‘, hatte sie gesagt, ‚ein Beispiel für alle anderen.‘ Was war dagegen zu sagen?

„Eines habe ich noch vergessen.“ Gerhild stand schon wieder. „Gehen Sie mal einkaufen! Überall in den Geschäften reden sie doch schon über diese Sache. Die ist überall rum. Und noch etwas“, jetzt war sie nicht mehr zu halten, „wie ich gehört habe, soll Frau Osterweil ausgerechnet am Tag des Gemeindefestes eine Trauung vornehmen. Und das im Gottesdienst. Also da hört bei mir alles auf.“

Wie nach einem entscheidenden Sieg guckte sie um sich und registrierte überwiegend zustimmendes Murmeln und Kopfnicken; zufrieden nahm sie wieder Platz. Herr Winter, der sich einerseits in die Enge gedrängt fühlte, erhob beide Hände und senkte sie betont langsam nach unten, was so etwas wie ‚bitte ganz ruhig!‘ heißen sollte. Insgeheim war er jedoch dankbar für das, was Gerhild da so erhitzt geäußert hatte, denn es entsprach im Wesentlichen seiner Meinung, die er nun gar nicht mehr selbst äußern musste. Stattdessen räusperte sich - und das war ungewöhnlich - Frau Rückert, die immer das Protokoll führte und sich selten zu Wort meldete.

„Eines haben wir noch gar nicht bedacht: welche Konsequenzen hat das alles für Frau Osterweil?"

Gerhild hatte schon wieder etwas auf der Zunge, doch Herr Winter gab ihr sofort ein unübersehbares Zeichen sich zurückzuhalten. Plötzlich schien er zu wissen, was in dieser Situation von ihm erwartet werden durfte.

„Ich bin mir sicher", sagte er, „dass Frau Osterweil am meisten unter dieser ganzen Geschichte leidet. Es ist ja nicht so, dass sie mir nichts dir nichts ihre Familie zurücklässt oder gar aufgibt. Ich weiß, wie unglücklich sie ist. Und ich finde, dass wir sie stützen müssen. Sie braucht jetzt unsere Hilfe, wie sie ja schon so oft anderen eine Hilfe gewesen ist." Herr Anderstatt nickte; ja, das war auch seine Meinung. „Wir sollten tatsächlich nicht vergessen", mahnte Herr Winter, „dass Frau Osterweil sehr engagiert für diese Gemeinde arbeitet."

„Wie kann sie unglücklich sein, wenn sie sich doch selbst für einen anderen entschieden hat? Das leuchtet mir nicht ein!" Gerhilds Empörung schien keine Grenzen zu kennen.

„Dann denken Sie mal darüber nach!"

Per Anderstatt! Jetzt verlor er allmählich die

Geduld. Und er war nicht der Einzige. Auch Ännchen konnte die Sticheleien Gerhilds nicht länger ertragen. „Liebe Frau Runde!", begann sie und bemühte sich trotz ihres Ärgers um Freundlichkeit. Und dann hielt auch sie eine kleine Rede, wie man sie ihr keineswegs zugetraut hätte. Eine Rede wie eine Verteidigerin im Gericht, doch ohne Aggression oder gar Häme gegenüber der Klägerin. Sie schilderte in sehr persönlicher Weise, wie sehr sie die Pastorin schätzte und was sie mit ihr verband. Sie nannte Punkt für Punkt, was Frau Osterweil ihrer Meinung nach Gutes für die Gemeinde getan hatte. Dass so vieles anders geworden sei als vorher und keineswegs schlechter. Dass von der Pastorin so viel ansteckende Lebendigkeit ausgehe. Und dass sie, Ännchen, sehr traurig wäre, wenn die Pastorin die Gemeinde verlassen müsste, egal ob aus eigenem Wunsch oder auf Druck des Probstes.

Wie immer, wenn jemand unerwartet etwas Bewegendes sagt und dazu Argumente vorträgt, die niemand widerlegen kann, herrschte erst einmal Stille. Nur Per Anderstatt klopfte mit seinen Fingerknöcheln auf den Tisch, und Frau Rückert warf Ännchen einen anerkennenden Blick zu.

„Vielen Dank, Ännchen", ergriff Herr Winter schließlich das Wort, „vielleicht sollten wir uns noch ein paar Tage Zeit lassen mit einer endgültigen

Entscheidung. Allerdings nicht zu viel! In gut einer Woche beginnen die Sommerferien, und bis dahin sollten wir wissen, wie es weitergeht. Ich erinnere außerdem an das Gemeindefest, das nur knapp vier Wochen nach den Ferien stattfindet. Denken Sie daran, dass wir wie jedes Jahr viele Geschäftsleute aus der Umgebung eingeladen haben; es wäre unangenehm, wenn die einen schlechten Eindruck von uns bekommen. Sie wissen alle, dass wir als Gemeinde einen guten Ruf haben, und den wollen wir auf keinen Fall aufs Spiel setzen."

An dieser Stelle unterbrach Herr Winter sich selbst; er hatte das Gefühl, dass er die Versammlung damit nicht schließen konnte. Und in dem Augenblick erinnerte er sich an etwas, was sein Vorgänger einmal vor vielen Jahren gemacht hatte.

„Auf jeden Fall sollten wir noch vor den Sommerferien einen Beschluss herbeiführen. Mein Vorschlag ist, dass wir diese Sitzung nicht abschließen, sondern nur unterbrechen. Das bedeutet, dass wir uns heute in einer Woche wieder hier versammeln und den Tagesordnungspunkt ‚Osterweil' fortsetzen." Herr Winter machte eine kleine Pause, um die Reaktion auf seinen Vorschlag abzuwarten. Zwar erhob sich einiges Gemurmel, aber es schien keinen Widerstand gegen seinen Vorschlag zu geben.

„Also treffen wir uns am nächsten Mittwoch um 20.00 Uhr wieder in diesem ehrwürdigen Saal. Und noch eines: Ich erinnere Sie daran, dass die Sitzungen des Gemeinderates vertraulich sind und Sie nicht öffentlich über das reden dürfen, was wir hier besprochen haben. Nach Abschluss der Sitzung wird Frau Rückert wie immer ein Protokoll im Büro auslegen, das jedes Gemeindeglied jederzeit einsehen kann. Guten Abend!"

Erneut setzte heftiges Geschnatter ein, während Herr Winter sich zu seiner vorläufigen Lösung insgeheim beglückwünschte. Morgen würde er mit Lisa Anlass und ihrem Verlobten über die geplante Hochzeit reden, und nach diesem Gespräch, davon ging er aus, wäre ein großer Brocken zu einer Lösung des Problems aus dem Weg geräumt.

21

„Ja, dieser Engel hat seine eigene Geschichte", erklärte Gert Winter, als ihm auffiel, dass Lisas Verlobter das ungeliebte Bild mit besonderer Aufmerksamkeit betrachtete. „Gefällt er Ihnen?"

Die Antwort beschränkte sich auf ein höfliches, jedoch eher Ablehnung ausdrückendes Schulterzucken.

„Das Bild hängt schon ewig da. Es stammt von einem älteren Mitglied der Gemeinde, einer Dame, die schon lange in einem Seniorenheim lebt." Es hörte sich an wie eine Entschuldigung.

Der Vorstandsvorsitzende hatte sich mit dem jungen Paar im Büro von Frau Rückert getroffen. Und obwohl er sich beeilte, sein persönliches Missfallen an dem ‚Kunstwerk' nicht zu verschweigen und sich davon zu distanzieren, kam es ihm doch sehr gelegen. So schnell hätte sich kein anderes Thema gefunden, über das man unverfänglich ins Gespräch gelangt wäre.

„Ein bisschen undefinierbar ist er ja!"

Nachdem Jan Berthold den Engel einige Zeit betrachtet hatte, konnte er nicht umhin, doch noch eine spöttelnde Bemerkung über das Bild zu machen. „Wenn die beiden Flügel nicht wären, hätte ich eher an die Wetterkarte im Fernsehen gedacht. So nach dem Motto: morgen früh Nebel, der sich am Vormittag auflöst …"

Herr Winter lachte vertraulich. „Könnte man so sehen, da haben Sie recht. Aber wissen Sie, manchmal muss man eben Zugeständnisse machen." Und hinter demonstrativ vorgehaltener Hand erklärte er: „Die Malerin ist sehr großzügig der Gemeinde gegenüber."

Jan lachte nun ebenfalls. „Ach so, eine Art Korruption!"

Woraufhin Herr Winter nun doch erstaunt war, dass der junge Mann so selbstbewusst seine Meinung äußerte. „Vorsicht würde ich es vielleicht nennen" entgegnete er, „oder besser: Rücksicht! Das trifft es eher."

„Ja, so nennt man das immer."

„Sind Sie bei der Presse?", fragte Herr Winter vorsichtig.

„Nein, mein Verlobter ist Arzt", antwortete Lisa für ihn. Sie hatte ein Gespür dafür, wann sie Jan ein bisschen zurückhalten musste. Und mit einem Seitenblick auf ihn setzte sie flugs hinzu: „Natürlich noch ganz am Anfang einer großen Karriere!"

Jan holte zu einer Bemerkung aus, schwieg dann aber lieber.

„Dann hat die Gemeinde ja bald ihren ganz persönlichen Hausarzt", sagte Herr Winter und nutzte die Gelegenheit, zum Thema zu kommen. „Sie wollen also bei uns heiraten?"

Jan warf Lisa einen halb schelmischen, halb fragenden Blick zu.

„Sagen wir mal so: ich möchte diese junge Frau hier neben mir gerne heiraten. Wie und unter welchen Umständen, das ist ja noch nicht ganz geklärt. Deswegen sind wir ja hier."

‚Oha', dachte Herr Winter, ‚mit dem muss man Tacheles reden'.

„Richtig! Sie meinen die Geschichte mit unserer Pastorin. Eigentlich eine ausgezeichnete Frau. Aber dass sie sich jetzt einen Liebhaber zugelegt hat, ist natürlich ein Problem für die Gemeinde.

„‚Einen Liebhaber zulegen' würde ich das nicht nennen."

Lisa hatte sich bisher ziemlich zurückgehalten in diesem etwas merkwürdigen Gespräch. Aber die joviale, allzu lässige Oberflächlichkeit, mit der Herr Winter sich so ungeniert äußerte, wollte sie nicht akzeptieren.

192

„Das klingt mir ein bisschen zu salopp und trifft die Sache überhaupt nicht. Sie hat sich nämlich ganz ernsthaft verliebt. Und das ist nicht nur für die Gemeinde ein Problem, sondern vor allem für sie selbst. Und für ihren Mann und die gemeinsamen Kinder natürlich auch."

„Entschuldigen Sie, ich wollte Frau Osterweil kein Unrecht tun."

„Danke."

Lisa wollte nicht mehr weiter darauf eingehen, war aber froh darüber, dass sie ihre Sympathie für die Pastorin so deutlich gezeigt hatte.

„Wir haben ja schon beide mit Frau Osterweil über diese Angelegenheit gesprochen. Aber, ehrlich gesagt, sind wir uns noch nicht ganz einig. Ich für meinen Teil möchte sehr gerne, dass Frau Osterweil uns traut."

Jan nickte nachdenklich mit dem Kopf. „Ja, hast du ja gesagt."

„Und Sie?", fragte Herr Winter.

„Ich bin mir da etwas unsicher", antwortete Jan. „Einmal, weil es mich - ja, ‚verunsichert' ist in diesem Fall das richtige Wort - weil es mich verunsichert, dass die Pastorin uns traut, während sie sich gerade trennt." Er nickte, sich selbst bestätigend, mit dem Kopf. „Und zum anderen habe ich das Gefühl …"

Herr Winter unterbrach ihn.

„Augenblick, Herr Berthold, ich bitte um Entschuldigung, aber was Sie da gerade gesagt haben, brennt uns natürlich allen auf der Seele - ich meine dem gesamten Gemeindevorstand. Das gilt sicher auch für viele unserer Gemeindemitglieder. Und deshalb kann ich Sie gut verstehen, wenn Sie von ‚Verunsicherung' sprechen. Denn es ist ja so, dass eine Trauung trotz der großen Freude, die damit verbunden ist, auch eine ernste Angelegenheit sein sollte." Er wollte sich vorsichtig ausdrücken und suchte nach den richtigen Worten. „Und es fällt uns allen vielleicht nicht ganz leicht, in diese Ernsthaftigkeit zu vertrauen, wenn die Eheschließung von jemand vorgenommen wird, der die Ehe selbst nicht als …" - wieder suchte er nach der richtigen Formulierung - „sagen wir: als unbedingt verbindlich betrachtet."

Lisa wurde zunehmend unruhiger. Immer deutlicher ahnte sie, worauf Herr Winter hinaus wollte, und ihr gefiel das ihrem Eindruck nach gespielte ‚Verständnis' nicht, mit dem er Jan zu überzeugen versuchte. Sie musste an das Gespräch denken, das sie mit Heike und Jan erst vor einer Woche geführt hatte. Sie sah die Pastorin wieder vor sich, ihre Traurigkeit, ihre Hilflosigkeit, ihre Versuche, allen gerecht zu werden und niemanden zu verurteilen. Sie sah sie allein gelassen. Eine Frau, die sich am liebsten

194

wie ein Kind hinter der Mutter versteckt hätte. Und hier? Hier wurde nicht ein Gedanke an das Unglück verschwendet, das sie getroffen hatte.

„Herr Winter", meldete sie sich zu Wort, „ich kann nicht nachvollziehen, was Sie da so einfach behaupten. Wie kommen Sie darauf, dass Frau Osterweil die Ehe nicht als unbedingt verbindlich betrachtet?"

Was war das denn? Wollte ihm die junge Frau etwa sagen, wie eine Gemeinde zu führen sei? Herr Winter lächelte. Aber sein Lächeln enthielt neben scheinbarem Verständnis auch eine winzige Prise Überheblichkeit.

„Glauben Sie mir, Frau Anlass, ich will Frau Osterweil keineswegs zu nahe treten. Wir haben ja beste Erfahrungen mit ihr gemacht und ihr sicher, das will ich gar nicht leugnen, einiges zu verdanken. Aber es ist doch einfach nicht glaubwürdig, dass sie andere, also in diesem Fall Sie, traut - und das vor Gott, und das ist es ja, worauf es bei einer kirchlichen Hochzeit ankommt! - , während sie selbst ihre Ehe bricht." Herr Winter streckte die Hand in Richtung Jan aus. „Ihr zukünftiger Mann hat es doch selbst angesprochen."

„Naja, ich habe gesagt, dass ich etwas verunsichert bin", reagierte Jan; es war ihm Lisa gegenüber sehr unangenehm, dass er plötzlich als Kronzeuge für die ‚Beweisführung' von Herrn Winter herhalten sollte, gegen Lisa! „Ich bin mir einfach nur unsicher, ob jetzt der richtige Augenblick ist, uns von Frau Osterweil trauen zu lassen. Das richtet sich in gar keiner Weise gegen die Person der Pastorin! Ganz im Gegenteil, ich habe einen sehr guten Eindruck von ihr und vertraue ihr. Ich will nur nicht, dass wir mit unserer Hochzeit für Ärger oder Unruhe in der Gemeinde sorgen."

„Das verstehe ich." Herrn Winter fiel dieses Zugeständnis leicht. Ihm war bewusst, dass er vielleicht einen kleinen Schritt zu weit gegangen war. Aber dieser kleine Schritt hatte ihn doch ein großes Stück voran gebracht. „Vielleicht wäre es gut, ihre Anregung aufzugreifen und den Termin für die Hochzeit zunächst offen zu lassen. Soviel ich weiß, sollte das der Sonntag unseres Gemeindefestes sein, nicht wahr?"

„Ja, der 1. September", bestätigte Lisa.

Herr Winter nickte freundlich mit dem Kopf. „So ist es. Wollen wir nicht so verbleiben, dass wir diesen Termin offen lassen, zumindest bis zum Treffen des Gemeinderates am nächsten Mittwoch?"

Jan stimmte zu; Lisa sagte nichts.

„Dann danke ich Ihnen beiden für Ihr Kommen und mehr noch für Ihr Verständnis. Wir werden eine Lösung finden, da bin ich ganz sicher."

22

Am Sonntag darauf war die Kirche voll.

„Ist denn schon wieder Weihnachten?", erkundigte sich Ilse scheinheilig bei Eva und Sigrid, als sie die vollbesetzten Bänke registrierte. Natürlich war ihr sonnenklar, warum das Interesse so ungewöhnlich groß war; mit dem Gottesdienst als solchem hatte das herzlich wenig zu tun.

Aber wie alle Menschen sind auch Gottesdienst-Besucher neugierig. Und bestimmte Neuigkeiten machen schnell die Runde. Kein Wunder also, dass an diesem Sonntagmorgen viele erschienen waren, die weniger an Gottes Wort als an dem der Pastorin interessiert waren. Würde sie sich in irgendeiner Weise persönlich äußern? Würde man ihr den Konflikt, in dem sie steckte, anmerken?

Als die Glocken fünf Minuten vor Beginn des Gottesdienstes läuteten, hatte Heike Osterweil bereits in der ersten Reihe Platz genommen, wo sie immer saß, neben der Lektorin, mit dem Gesicht zum Altar und dem Rücken zur Gemeinde. Auf dem freien Platz neben ihr das Gesangbuch und eine Mappe mit den Abkündigungen. Sie saß, den Kopf gesenkt, als wolle sie nichts und niemanden an sich heranlassen.

„Die sieht nicht gut aus!", tuschelte eine distinguierte ältere Dame und schüttelte abwehrend den Kopf, als wäre sie von irgendetwas unangenehm berührt.

„Woher weißt du das?", fragte ihre Nachbarin, „man kann sie doch gar nicht sehen.

„Na, guck doch hin, wie sie da sitzt. Wie ein Häufchen Elend."

Die Nachbarin reckte sich, um mehr zu sehen, doch ohne Erfolg.

Gerhild Runde und Inge hatten ihren Platz in der letzten Reihe gefunden, beide einen Klingelbeutel neben sich; nach den Mitteilungen an die Gemeinde würden sie die Kollekte einsammeln.

„Ich möchte ja nicht in ihrer Haut stecken", sagte Gerhild, „bei all den Leuten, die hier sitzen." - „Wieso?" - „Na, rat doch mal, warum die alle gekommen sind!" Inge glaubte die Antwort auf Gerhilds Frage zu kennen, hielt sich aber lieber zurück.

In einer der mittleren Reihe saßen Lisa und Jan.

Als die Glocken allmählich aufhörten zu läuten und schließlich von den ersten gedehnten, kellertiefen Tönen der Orgel überstimmt wurden, beugte Gerhild sich näher an Inge heran. „Bin wirklich gespannt, worüber sie predigt." Und als ob alle, die da saßen, nur auf diesen Satz gewartet und ihn aus tiefstem Herzen zustimmend gehört hätten, schaute sie sich um, als sei ihr Applaus von allen Seiten gewiss.

Die zögerlichen Basstöne der Orgel wurden seltener; an ihrer Stelle übernahmen die hohen, traten immer mehr in den Vordergrund und steuerten zielstrebend auf ein furioses Crescendo zu. Wer die Kantorin nur einmal flüchtig vorbeihuschen gesehen hatte, hätte sich kaum vorstellen können, dass es dieselbe Person war, die da oben auf der Empore saß und diesen Sturm auslöste. Das dürre Ännchen! Ihre Füße erreichten die Pedale nur mit Mühe, ihre Hände schienen viel zu zart für die Manuale. Doch scheinbar mühelos gelang es ihnen, auch das heftigste Gefühl umzusetzen. Es war nämlich nicht Ännchen, die da spielte, es war ihr Kummer. Er brach sich Bahn und schlug um sich. Und als der letzte Ton abrupt verstummte, ein langgezogener, ein schriller, beinahe schmerzhaft ins Ohr eindringender Schrei - war es grabesstill in der Kirche. Wer schon ein Taschentuch in der Hand hatte, wagte nicht, sich zu schnäuzen. Selbst die beiden Dreijährigen, die in der Spielecke auf dem Boden saßen und mit Bauklötzen hantierten, waren beeindruckend stumm.

Heike Osterweil, die nach der Eingangsmusik gewöhnlich rasch zum Pult schritt und die Gemeinde begrüßte, blieb diesmal lange sitzen. Was ist? fragten sich viele, als die Stille anhielt. Warum passiert nichts? Manche drehten sich um und guckten hinauf zur Orgel, als müsse von dort noch etwas kommen. Vergeblich! Eine von den wenigen, die intuitiv verstanden hatte, was ihnen das Instrument gerade mitgeteilt hatte, war Gerhild. „Das hat Ännchen für die Osterweil gespielt!", flüsterte sie Inge zu. Zugleich erschrak sie aber über das Einfühlungsvermögen, das sie so unbeherrscht gezeigt hatte, und versuchte es zu kaschieren. „Eine Schmierenkomödie!", ergänzte sie so abschätzig, dass Inge einige Zentimeter von ihr abrückte.

Natürlich dauerte es nicht lange, bis sich die übliche Gottesdienst-Atmosphäre wieder einstellte: das Hüsteln, ein Gesangbuch, das zu Boden fiel, Kindergeschrei, das eine aufgeregte Mutter zu stillen versuchte. Und weil die Kirche voller war als üblich und viele den Ablauf eines Gottesdienstes gar nicht kannten und nur auf die Predigt warteten, war es unruhiger als sonst. Es wurde erst wieder still, als die Pastorin die Kanzel betrat.

„Wo ist Gott?", fragte sie. Lange Sekunden vergingen, ohne das etwas folgte.

200

„Wo ist Gott?", fragte sie noch einmal, lauter. Ihr Blick lief fragend über die Gemeinde, von rechts nach links und von den ersten Reihen bis hin zu den letzten. Und dann, wieder waren lange Sekunden verstrichen, zeigte sie auf einen Herrn, der direkt unterhalb der Kanzel saß. „Wissen Sie, wo Gott ist?" Der Mann erschrak. War wirklich er gemeint? „Oder Sie da hinten, die Dame in dem wunderschönen blauen Kleid: Wissen Sie, wo Gott ist?" Auch von der zuletzt Angesprochenen kam natürlich keine Antwort.

„Gott ist überall. Gott ist mitten unter uns. Das sagt man so, und das sagen auch wir Pastoren. Aber was meinen wir damit? Sitzt Gott hier und jetzt in dieser Kirche? Hört er uns zu? Will er wissen, was wir über ihn sagen?"

Zwischen ihre Fragen setzte die Pastorin lange Pausen, so dass sie, jede für sich, ihre Bedeutung entfalten konnten.

„Warum zeigt er sich nicht? Wie kann er es aushalten, ewig zu schweigen?"

Die Art und Weise, wie sie die Fragen aneinander reihte, erinnerte an die Eingangsmusik, die Ännchen gespielt hatte: sie wurde immer fordernder, dringlicher.

„Wir sollen uns kein Bild von Gott machen", sagte die Pastorin, „wir sollen ihn nicht auf irgendetwas festlegen. Aber das fällt uns schwer. Wie können wir einen Namen, ein Wort für etwas haben, das wir nicht kennen? Wahrscheinlich versuchen Sie deshalb auch, genauso wie ich, sich eine Vorstellung von Gott zu machen." Wieder machte sie eine lange Pause. „Ich persönlich glaube nicht an den alten Herrn mit grauem Bart, der sich väterlich über uns beugt. Ich persönlich versuche immer wieder, mir unter Gott so etwas wie eine ethische Instanz vorzustellen. Eine Instanz, die nicht materiell ist. Eine Art in mir selbst installiertes Gesetz, das mir Handlungsanweisungen gibt. Und zwar solche, die auf die 10 Gebote gründen und von einer Moral bestimmt werden, die ein friedliches, liebevolles Zusammenleben der Menschen möglich macht. Möglich macht!, nicht garantiert. Denn niemand von uns ist vollkommen. Allen guten Absichten zum Trotz machen wir Fehler. Und es gibt Momente, in denen uns Gefühle bestimmen, die stärker sind als das eben genannte ‚installierte Gesetz'."

Wieder setzte die Pastorin eine längere Pause, nicht allein aus rhetorischen Gründen. Sie schien sich selbst zur Ruhe zu mahnen, denn sie war lauter geworden, und, so seltsam es klingt: man konnte den Eindruck gewinnen, dass sie mit sich selbst redete und nicht mit den Besuchern des Gottesdienstes. Doch dann suchte sie einen neuen Anfang und wandte sich wieder an die Gemeinde, die vor ihr saß.

„Es gibt Situationen, in denen man sich fragt, wie gut, wie eindeutig das installierte Gesetz in uns ist. Denn es kann passieren, dass ganz plötzlich zwei Gesetze in unserem Inneren vorhanden sind. Zwei Gesetze, beide von Moral bestimmt, die sich unglücklicherweise widersprechen. Denn das eine verbietet es, sich nach dem anderen zu richten - und umgekehrt."

Noch eine Pause, in der man nichts hörte außer dem Klacken von Bauklötzen aus der Spielecke. Die Pastorin hatte ihre Zuhörer erreicht. Es war ihr gelungen, Bilder zu entwerfen und Phantasien zu wecken, und über viele Gesichter sah man Gedanken wandern.

„Ich will Ihnen nur ein Beispiel nennen. Vor vielen Jahren, als es noch eine Wehrpflicht gab, gab es auch die Möglichkeit, den Wehrdienst zu verweigern. Das mussten die jungen Männer aber vor einer Kommission begründen. Und eine der klassischen Fragen, die in so einer Verhandlung gestellt wurde, war diese: Stellen Sie sich vor, Sie machen einen Spaziergang mit Ihrer Frau. Plötzlich springt ein Räuber aus einem Versteck und zielt mit einer Pistole auf Ihre Frau. Was machen Sie? Lassen Sie zu, dass der Räuber Ihre Frau erschießt - oder erschießen Sie ihn, denn Sie haben zufällig ebenfalls eine Pistole bei sich?"

Ein alter Herr wird plötzlich hellwach und redet intensiv auf seine Frau ein.

„Die Frage ist natürlich konstruiert, denn wer hat schon ‚zufällig' eine Pistole bei sich. Aber sie zeigt eine vertrackte Situation, aus der es keinen Ausweg gibt. Beide Antworten sind nämlich falsch, aber Sie müssen sich für eine entscheiden."

Das Beispiel, das die Pastorin genannt hatte, brachte Bewegung in die Gemeinde. Flüsternd wurde diskutiert, Köpfe geschüttelt oder Zustimmung signalisiert.

„Solche Situationen gibt es immer wieder. Manche sind ganz alltäglich, etwa wenn Sie sich als Autofahrer entscheiden müssen, ob Sie vor einer Ampel abrupt bremsen und einen Auffahrunfall riskieren oder schnell noch bei Gelb durchfahren. Das ist eine relativ konfliktarme Situation. Aber es gibt auch andere, schwerwiegende, in denen man sich für und damit gleichzeitig gegen Menschen entscheiden muss."

Die Pastorin hielt noch einmal inne. Sie sah in die Gesichter vor sich, entdeckte die von Frau Rückert, von Gert Winter, Gerhild, Inge, Per Anderstatt, ‚Wolle' und dem Geschwader. Auch die von Lisa und Jan.

„Und dann fragt man sich: Wo ist Gott?"

Dieser Satz hallte nicht nur wie eine Frage durch

den Kirchenraum. Er schien zugleich auch Mahnung, Verzweiflung und Hoffnung zu sein.

„Aber das ist noch nicht alles. Wichtiger als die ethische Instanz, die mir souffliert und mich leitet, ist noch etwas ganz anderes: die Energie, die mich füllt. Eine Energie, der ich mich überlassen kann wie dem Atmen. Atmen ist lebenswichtig, aber ich muss mich nicht darum kümmern. Genauso ist es mit Gott. Er funktioniert einfach, auch wenn ich nicht an ihn denke. Er gibt mir Energie, er gibt mir Kraft, ohne dass ich mich darum kümmern muss. Er ist da, auch wenn ich Fehler mache und mein ethisches Gesetz übertrete. Er ist einfach da! Selbst wenn ich ihn nicht erkenne und wütend oder traurig oder provozierend frage ‚Wo bist Du denn?‘ Er ist da!"

Wieder eine lange Pause. Viele dachten: da kommt noch etwas. Aber sie hörten nur noch ein ‚Amen‘.

*

Nach dem Gottesdienst hatten sich Gerhild, Inge, Wolle und Per Anderstatt verabredet; die vier bildeten die Kommission zur Vorbereitung des Gemeindefestes. Und bevor alle in die Sommerferien auseinandergingen, wollte man noch einiges ‚festklopfen‘, wie Gerhild gesagt hatte. Sie leitete die Kommission. Doch kaum saßen sie im Büro von Frau Rückert, brach es aus ihr heraus:

„Das ist doch eine Frechheit, diese Predigt! Damit hat sie sich endgültig disqualifiziert."

Die drei anderen, die damit gerechnet hatten, dass über den Ablauf des Festes, die zu haltenden Reden, das Catering und ähnliches gesprochen werden sollte, reagierten perplex.

„Wieso?", fragte Per Anderstatt, der jedoch schon eine vage Idee davon hatte, was Gerhild so auf die Palme gebracht hatte.

„Weil ein Gottesdienst nicht dazu da ist, über die eigenen Probleme zu sprechen. Schon gar nicht, wenn man sie sich selbst eingebrockt hat."

„Ich hab mir die Fragen nach Gott aber auch schon oft gestellt", wandte Inge ein.

„Du verstehst nichts!", blaffte Gerhild sie an. „Die Osterweil hat doch ganz klar über sich selbst gesprochen. Über diesen Johannes und ihren Mann, zwischen denen sie sich entscheiden muss. Muss sie aber gar nicht! Ihr Mann hat sie doch nicht rausgeschmissen. Aber nein, sie stellt sich auf die Kanzel und predigt von installierten Gesetzen! Wenn das nicht eine einzige Unverschämtheit wäre, müsste man lachen."

„Moment!" Per Anderstatt protestierte. „Das hab ich ganz anders verstanden. Habt ihr nicht auch gemerkt, dass Frau Osterweil ziemlich kaputt aussieht? Sie hat sonst nie so lange Pausen in ihren Predigten eingelegt. Für mich war das ein …", er suchte kurz nach dem richtigen Ausdruck, „ja, ein einziger Hilferuf."

Inge nickte zustimmend und vermied jeden Blickkontakt mit Gerhild, Wolle brummte irgendetwas von ,kann sein'.

„Na und? Muss man sich dazu auf die Kanzel stellen und es in die Öffentlichkeit hinein posaunen?"

Vielleicht war plötzlich das schier Unmögliche geschehen. Vielleicht war Gerhild aufgegangen, dass ihr Ton, vorsichtig ausgedrückt, befremdlich war. Jedenfalls schien sie von einem Satz auf den anderen Kreide gefressen zu haben.

„Wenn man unbedingt will, kann man ja vielleicht ein gewisses Verständnis für die Pastorin aufbringen. Aber ich sehe schwarz für das Gemeindefest. Wenn sie da auftritt, gibt's einen Knall."

„Du willst sie ausladen?", fragte Per.

„Natürlich nicht. Ich würde sie nur bitten, dem Fest fernzubleiben."

„Nee!", entfuhr es Inge.

„Kann man machen", sagte Wolle.

207

„Ein Gemeindefest ohne Pastorin? Das geht doch gar nicht! Das ist doch wie … wie Du ohne Stänkern!" Per grinste Gerhild an, die ihm zu gerne die Zunge herausgestreckt hätte, aber sich schließlich doch zusammenriss und nicht darauf reagierte. Stattdessen geschah, was selten war: Wolle machte einen Vorschlag.

„Ich finde, die Pastorin sollte einfach nur da sein. Also nicht offiziell. Keine Andacht und so etwas."

Schweigen.

Schließlich wagte sich Inge aus der Deckung. „Das können wir nicht machen. Vor der Begrüßung von Herrn Winter hat die Pastorin doch immer eine kurze Andacht gehalten."

„Dann singen wir eben einfach nur ein Lied." Wolle war immer für einfache Kompromisse.

So ging es noch eine ganze Weile weiter. Aber Gerhild blieb dabei: Keine Teilnahme der Pastorin. Inge wollte sich nicht so richtig festlegen. Wolle hoffte auf eine sachliche Entscheidung, ohne sie voranzutreiben. Und Per bestand auf der Anwesenheit von Frau Osterweil. Da man sich nicht einigen konnte, vertagte man sich und fand nichts Ungewöhnliches dabei.

23

Lisa Anlass hatte ihr ipad vor sich auf den Tisch gelegt. Sie war nicht die einzige, die ins CAFÈ kam um hier zu arbeiten. Es lag in der Fontaneallee, schräg gegenüber Lisas Wohnung. In dem schlicht möblierten, aber hellen und luftigen Raum herrschte eine angenehme Atmosphäre, und die Eigentümerin sorgte fast täglich für kleine Überraschungen: mal gab es ein neues Angebot auf der Karte, mal lag eine amüsante Kurzgeschichte auf den Tischen. Der Kaffee schmeckte. Und vor allem: man hatte Menschen um sich herum. Mütter mit Kindern, Studenten, aber auch ältere Menschen. Das mochte Lisa.

Geschrieben hatte sie noch kein einziges Wort. Ihre Gedanken waren viel zu beschäftigt mit dem Gespräch, zu dem sie sich hier verabredet hatte. Seit gestern, seit sie die Verabredung getroffen hatte, ging ihr kaum noch etwas anderes durch den Kopf. Immer wieder hatte sie ihre Überlegungen verworfen und von vorn begonnen. Sie musste sich darüber klar werden, was sie selbst wollte, und das fiel ihr schwer.

Denn es ging ja nicht nur um sie. Es ging auch um Jan, dessen Vorstellungen sie berücksichtigen musste. Jan hatte sich noch nicht endgültig geäußert. Sie wusste nur, dass er noch unentschieden war, und sie wollte ihn auf keinen Fall zu irgendetwas drängen. Sie musste einen Weg finden, ihn sanft zu überzeugen.

Und dann ging es natürlich um Heike. Was durfte man ihr in der Lage, in der sie sich befand, zumuten? Wenn viele so dachten wie Herr Winter, der von der Verbindlichkeit der Ehe gesprochen hatte, könnte sie tatsächlich in eine unangenehme Situation geraten, wenn Lisa und Jan auf der Trauung bestünden. Die einen oder anderen würden das der Pastorin bestimmt übel nehmen. Vielleicht wäre es besser, allein ihr die Entscheidung zu überlassen. Aber hatte Herr Winter recht? Durfte man unter den gegebenen Umständen ohne weiteres von einer Verbindlichkeit der Ehe sprechen? Es war ja nicht so, dass Heike sich mal einfach so einen neuen Lover besorgt hatte und ihre Familie leichten Gewissens im Stich ließ. Lisa wusste ja ganz genau, wie Heike sich quälte. Dass sie sich die Entscheidung für Johannes alles andere als leicht gemacht hatte. Sie, Lisa, hatte sich immer wieder gefragt, wie sie Heike helfen, sie stärken könnte. Und da gab es eigentlich nur eins.

Sie zog das ipad zu sich heran, um ein paar

Stichworte zu notieren. Doch im selben Augenblick erschien die Pastorin. Lisa stand spontan auf, um sie zu begrüßen. Strahlte sie an, weil sie sich darauf gefreut hatte, Heike zu sehen. Wollte sie umarmen. Und wurde von irgendetwas zurückgehalten, das zu tun. Stattdessen gab sie ihr nur die Hand, was ein wenig linkisch, verlegen wirkte.

Heike sah schlecht aus, fand sie, als sie sich beide gesetzt hatten und sich, ohne etwas zu sagen, ins Angesicht schauten. Nicht nur müde und blass, auch verängstigt, dachte Lisa. Unsicher. Als scheue sie vor irgendetwas zurück. Als wisse sie nicht, warum sie gekommen sei.

„Du siehst nicht gut aus", sagte Lisa. Sie sagte es mitfühlend. Und sie hoffte, dass Heike es nicht als eine oberflächliche, unreflektierte Äußerung betrachten würde. Sondern als Aufforderung, von sich zu erzählen.

„Ja", sagte Heike und versuchte so etwas wie ein Lächeln, das gründlich missriet, „wenn ich in den Spiegel sehe, könnte ich vor mir weglaufen." Sie sah Lisa an, und das zweite Lächeln gelang ihr etwas besser. „Aber ich kann leider nicht weglaufen. Und außerdem", es sah aus, als gäbe sie sich einen Stoß, „ich will es auch gar nicht!"

Lisa war erleichtert, ja: dankbar, dass Heike sich

einen Schubs gegeben hatte.

„Ich will nicht weglaufen, Lisa. Ich wüsste nicht, warum. Im Augenblick wäre es sicher am einfachsten. Doch das scheint nur so. Wo sollte ich denn hinlaufen? Was wäre damit gewonnen?"

Sie guckte Lisa fragend an. Die nickte nur und zuckte mit den Schultern.

„Das Problem ist, dass ich eine öffentliche Figur bin, so kann man es vielleicht ausdrücken. Es geht nicht nur um mich und meinen Mann und unsere Kinder, sondern auch um die Gemeinde. Ich habe das Gefühl, dass es unmöglich ist, unsere familiäre Situation hinreichend deutlich zu machen. Da spielen viel zu viele Dinge hinein, die ich öffentlich nicht ausbreiten möchte."

Lisa stutzte.

„Nein, versteh mich nicht falsch! Ich habe meinem Mann überhaupt nichts vorzuwerfen. Ganz im Gegenteil!"

Und Heike begann von neuem zu erzählen. Es hörte sich an, als sei sie als Verteidigerin ihres Mannes engagiert, und als lasse sie nichts unversucht, den ‚Angeklagten' vor einer Verurteilung zu retten. Sie erzählte, dass sie sich bis vor einem Jahr nicht hätte vorstellen können, sich jemals von ihrem Mann zu trennen. Dass Bernd, sie sprach diesen Namen nicht ohne Wärme aus, ihr nie auch nur den kleinsten Anlass dazu gegeben hätte. Er habe sie immer auf Händen getragen.

„Das klingt wie von gestern, aber es trifft ja zu. Ohne zu übertreiben kann ich sagen, bitte, lach nicht, dass er mir alle Wünsche von den Augen abgelesen hat." Sie überlegte. „Weißt du, manchmal hatte ich sogar schon gedacht, ich bin so etwas wie die von ihrem Mann angehimmelte und verwöhnte Frau in einem Roman von Courths-Mahler. Aber ...", sie zögerte einen Augenblick, „seitdem ich Johannes kenne, ist mir auch die andere Seite bewusst geworden. Es hat etwas mit Augenhöhe zu tun, genauso wie bei Courths-Mahler. Da steht der Mann auf einer anderen Stufe. Ohne, dass er es böse meinen muss, lebt er von seiner Großzügigkeit, von dem Schutz, den er der Frau gibt. Das ist sehr romantisch, aber das brauche ich nicht. Als ich Johannes kennengelernt habe, ist mir bewusst geworden, was es bedeutet, zur selben Generation zu gehören. Johannes ist ein Freund, kein Papa. Er ist für mich so etwas wie ein Spielkamerad, mit dem ich jeden Blödsinn machen könnte. Verstehst du?"

Sie nahm einen Schluck von dem Cappuccino, der ihr gerade serviert worden war, und verbrannte sich beinahe die Zunge. Als sie die Tasse wieder abgesetzt hatte, verschluckte sie sich fast. Lisa wartete geduldig.

„Jetzt verbrenne ich mir noch die Zunge, hoffentlich nicht im doppelten Sinn. Aber was ich sagen will, ist ja nur: die Perspektive zu leben, die hat sich für mich geändert. Was ich jetzt weiß, wusste ich vorher nicht."

Lisa war beeindruckt von dem, was Heike so offen bekannte. Allerdings fiel es ihr schwer, gleichzeitig nicht auch daran zu denken, was das alles für ihren Mann bedeuten musste. Denn dass für Heike nichts anderes als eine Trennung in Frage kam, das war ihr nun klar.

„Aber es bleibt die öffentliche Figur, die ich für die Gemeinde bin."

Lisa konnte sich einiges unter der ‚öffentlichen Figur' vorstellen, aber sie bat Heike, ihr doch genauer zu erläutern, was sie damit meinte.

„Natürlich lebe ich in erster Linie in meiner Familie, aber ich spiele auch eine Rolle in unserer Gemeinde. Da werden bestimmte Erwartungen an mich gestellt, und ich muss Rücksichten nehmen. Viele sehen mich als Vorbild. Ein Pastor oder eine Pastorin ist da vielleicht noch mehr gefordert als eine Lehrerin oder ein Lehrer in der Schule. Zwar habe ich in dieser Rolle von Anfang an einen Bonus. Aber der geht auch genauso schnell verloren, wenn ich den Erwartungen, die an mich gestellt werden, nicht genüge." Heike griff nach Lisas Handgelenk. „Und jetzt muss ich auf Eure Hochzeit zu sprechen kommen. Ich weiß, dass manche in der Gemeinde kein Verständnis dafür hätten, wenn ich euch traue und mich gleichzeitig von meinem Mann trenne. Das würden die als scheinheilig empfinden, als heuchlerisch."

Die Sicherheit, die die Pastorin im Lauf des Gesprächs gewonnen hatte, schien plötzlich wie weggewischt. Lisa hatte den Eindruck, als sei ihr eine Frage gestellt, ohne dass sie wie eine solche formuliert worden sei.

„Meinst du etwa, dass du uns nicht mehr trauen willst?"

„Natürlich will ich das, Lisa! Aber ich frage mich, ob es richtig ist. Vielleicht wäre das eine zu große Provokation für einige. Ich würde mir manche Sympathie verscherzen. Und ich möchte ja auch in Zukunft als Pastorin arbeiten. Außerdem kommt der Termin dazu, den ihr euch vorstellt: es soll ja ausgerechnet am Tag unseres Gemeindefestes sein."

Damit hatte Lisa nicht gerechnet. Wohl hatte sie daran gedacht, dass es Heike wegen ihrer persönlichen Situation schwer fallen könnte, eine Trauung vorzunehmen. Aber die Gründe, die sie jetzt genannt hatte, die wollte sie nicht akzeptieren.

„Natürlich musst du selbst entscheiden, Heike, ob

du es machen willst oder nicht. Ich kann verstehen, dass es dir nicht leicht fällt, eine fröhliche Hochzeit zu feiern. Aber ich würde das nicht mit einer notwendigen Rücksicht auf gewisse Erwartungen in der Gemeinde vermischen. Eine Pastorin ist doch auch nur ein Mensch!" Beide lachten. „Ich meine, warum solltest du nicht, wie jeder andere, nach deinen privaten Überzeugungen handeln? Es ist doch nicht so, dass du irgendjemanden oder irgendetwas vorsätzlich mit Füßen trittst."

Heike nickte mit dem Kopf, sagte aber nichts dazu. Und plötzlich hatte Lisa das Gefühl, dass sie ihr mit einer deutlichen Entscheidung für die geplante Hochzeit den Rücken stärken würde.

„Ich muss noch ein bisschen Überzeugungsarbeit bei Jan leisten. Aber ich für meinen Teil möchte sehr gerne, dass du uns verheiratest. Wie geplant im Gottesdienst am 1. September. Bei allem, was ich von dir weiß und was ich bisher in deinen Gottesdiensten gehört habe, kann ich mir keine bessere vorstellen."

24

Als Lisa nach Hause kam, stand Jan in der Küche und war gerade dabei, allerlei Schüsselchen auf einem Tablett anzuordnen; er hatte ein paar leckere Kleinigkeiten beim Italiener eingekauft. Das machte er gerne, wenn er das Gefühl hatte, dass er sich auch mal wieder um das Abendessen kümmern musste. Um aufwendig zu kochen, war es schon zu spät; seine Lieblingsbeschäftigung war es ohnehin nicht. Aber auf dem winzigen Balkon zu sitzen, sich gegenseitig vom Tag zu erzählen und dabei hin und wieder ein Stückchen Ciabatta in den Mund zu stecken und Oliven oder Schafskäse oder Parmaschinken hinterher zu schieben, das mochten sie beide. Es war wie ein gemeinsames Ausatmen nach einem langen Tag.

Unten, auf der Straße, war nicht mehr viel los. Ein Nachbar und seine beiden Kinder hatten ein Fahrrad aufgebockt und das Hinterrad ausgebaut. Die Kinder redeten pausenlos auf ihren Vater ein, der aber keine Antwort gab, weil er irgendein Problem hatte, mit dem er nicht zurecht kam. Auf der gegenüberliegenden Straßenseite waren zwei ältere Paare stehend in ein längeres Gespräch vertieft. Ein Auto versuchte, sich rückwärts in eine viel zu enge Parklücke zu schieben, was dem Fahrer jedoch auch beim zweiten Versuch noch nicht gelang. Das war aber auch alles, wenn man davon absah, dass ab und zu ein paar Passanten vorbei gingen oder ein Fahrzeug vorüber fuhr.

Jan schwebte wie auf einer Wolke. Er hatte eine gewagte, aber, wie sich später herausstellte, richtige Diagnose gestellt und dafür ein dickes Lob von seinem Oberarzt bekommen. Außerdem freute er sich auf die kommende Woche, die erste Woche der Sommerferien, für die er und Lisa eine Radtour geplant hatten. Eine Woche mit ihr durch die Landschaft zu radeln und Abend für Abend eine neue Unterkunft zu suchen, darauf freute er sich sehr.

„Und du?", fragte er, nachdem er Lisa berichtet hatte, warum ihn sein Oberarzt gelobt hatte, „wie war's bei dir?"

Lisa erzählte ihm von dem Gespräch mit der Pastorin. Sie stand immer noch unter dem Eindruck der Unterhaltung, die sie mit ihr geführt hatte und war stark berührt von der Ehrlichkeit, mit der Heike sich selbst begegnet war. „Ich möchte nicht in ihrer Haut stecken", sagte sie, „es ist ein Konflikt, in dem

218

sie sich, wie auch immer, gegen jemanden entscheiden muss."

„Ihr Mann ist doch deutlich älter als sie, oder?"

„Ja, ist er." Lisa musste bei dieser Frage wieder an die Romane von Hedwig Courths-Mahler denken, die sie all dem Kitsch zum Trotz gerne gelesen hatte. „Das muss aber nicht unbedingt heißen, dass der Altersunterschied die entscheidende Rolle spielt. In diesem Fall ist es wohl eher die Rolle, die er übernommen hat."

„Das musst du mir schon genauer erklären."

„Wie er sich selbst sieht, wie er sich versteht. Heike hat das Wort nicht benutzt, aber ich würde es ,alte Schule' nennen, ohne es damit zu bewerten oder gar infrage zu stellen. Er tut alles für sie, aber das, was er darunter versteht, nicht wie sie es vielleicht braucht."

„Und das ist bei dem Neuen anders?"

„Sie hat gesagt, er sei ein Freund für sie, kein Papa. Ich habe das so verstanden, dass sie sich bei ihm freier fühlt."

„Aber hat sie nicht auch jetzt alle Freiheiten?"

Lisa antwortete nicht spontan. Es war ihr wichtig, möglichst genau zu erklären, wie sie Heike verstanden hatte. Und dazu musste sie es zunächst einmal selbst besser verstehen. Also dachte sie eine ganze Weile nach. Jan ließ ihr Zeit.

„Sie hat", begann sie schließlich, „alle Freiheiten innerhalb bestimmter Grenzen. Solange sie diese Grenzen respektiert, kann sie tun und lassen, was sie will. Aber nachdem sie Johannes kennengelernt hatte, sind ihr diese Grenzen bewusst geworden. Mit Johannes kann sie die ignorieren. Verstehst du, was ich sagen will?"

Jan brach sich ein Stück von dem Brot ab, sagte aber nichts.

„Das wirklich Tragische dabei ist, dass niemand so etwas wie Schuld hat. Heikes Mann ist gutwillig. Er ist fürsorglich. Er denkt an seine Frau. Aber so, wie er es gelernt hat. Er würde zum Beispiel nie auf die Idee kommen, seine berufliche Arbeit einzuschränken. Da kann er sich auch nicht mehr ändern. Und der Neue, Johannes, der ist einfach nur so da, wie er eben ist. Er ist für sich da und überlässt es Heike, ebenfalls für sich da zu sein. Aber genau das passt wohl bestens zusammen."

Jan glaubte zu verstehen, wie sie es meinte. „Das Problem ist nur, dass sie, wenn sie sich für diesen Johannes entscheidet, in ihrer Gemeinde unten durch ist", sagte er.

„Unten durch würde ich das nicht nennen. Aber es wird natürlich Probleme geben."

„Unsere Trauung, meinst du?"

220

Das war ein ganz neues Thema! Lisa war sofort klar, dass Jan das nicht von ungefähr angesprochen hatte. Aber ihre Reaktion war geistesgegenwärtig: Sie stand auf und nahm ihn in den Arm.

„Freust du dich drauf?"

Sie strahlte ihn an.

„Und wie, Lieschen!"

Er strahlte zurück. Aber aus seinem Gesicht sprach mehr als nur Zustimmung; Lisa erwartete, dass da noch etwas kommen würde. Und es kam!

„Ich frage mich allerdings immer noch, ob es wirklich sein muss, dass Heike uns traut. Und das ausgerechnet an dem Tag, an dem die Gemeinde ihr Jahresfest feiert. Du hast eben selbst gesagt, dass es Probleme geben wird."

„Ja, stimmt. Es gibt ein paar in der Gemeinde, die sich jetzt schon darüber aufregen. Die herumstänkern und intrigieren. Das ist unangenehm. Aber sollen die unsere Hochzeit verhindern?"

„Nein, natürlich nicht. Das würde mich auch nicht stören. Aber die andere Frage ist doch, was das für die Pastorin bedeutet?" Das war geschickt von Jan. „Für uns gibt es da kein Problem. Aber sie wird lange daran zu knacken haben. Da wird es ein paar Moralapostel geben, die ewig auf ihr herumhacken und ihr das nicht vergessen werden."

„Was ‚nicht vergessen‘?"

„Dass sie eine Trauung mit allem christlichen Drumherum vornimmt, während sie sich selbst gerade von ihrem Mann trennt." Jan hielt kurz inne. „Du gehst doch nicht davon aus, dass sie die Ehe nicht schon längst gebrochen hat, oder?"

Lisa erinnerte sich an die Unterhaltung, die sie mit Jan und Herrn Winter geführt hatte; da war auch schon das Wort vom Ehebruch gefallen. Und sicher war es so, dass Heike schon mit Johannes geschlafen hatte, anders war es doch gar nicht vorstellbar. Wie könnten sich die beiden sonst dafür entscheiden, zusammen leben zu wollen?

„Das klingt häßlich: Ehebruch!", sagte sie. „Aber Du weißt inzwischen gut genug, dass Heike sich mit ihrer Entscheidung wirklich schwer tut. Und was unsere Hochzeit betrifft: eben im CAFÈ hat sie mir noch gesagt, dass sie uns gerne trauen will."

„Ohne jeden Vorbehalt?"

„Doch, schon." Lisa wandt sich ein bisschen unter dieser Frage, aber sie wollte die Tatsachen auch nicht verdrehen. „Sie weiß natürlich, dass es eine Provokation ist für manche in der Gemeinde."

„Und was hast du ihr darauf geantwortet?"

„Dass sie selbst entscheiden muss, ob sie uns traut oder nicht. Aber ich würde ihr die Entscheidung gerne abnehmen, Jan. Ich glaube, dass es ihr gut tut, wenn wir uns bewusst für sie entscheiden, gerade jetzt in dieser Zeit." Lisa schaute Jan hoffnungsvoll an. „Lass uns doch alles so machen, wie wir es geplant hatten."

Jan schwieg. Und Lisa wartete. Sie kannte ihn, und sie wusste, dass er sich nicht allzu sehr von den Emotionen anderer beeinflussen ließ. Sie hoffte, dass er sich in seiner Gradlinigkeit für die Hochzeit entscheiden würde. Gegen die Befürchtung, dass es einigen Wirbel in der Gemeinde geben würde, und für ihr Argument, Lisa mit einer Entscheidung für die Hochzeit den Rücken zu stärken. Dagegen sprach die Vorsicht, von der er sich oft leiten ließ, und die ihn bewegen könnte, allen unnötigen Schwierigkeiten aus dem Weg zu gehen.

„Ich hab ja schon öfter gesagt, dass mir eine kirchliche Hochzeit nicht unbedingt etwas bedeutet", sagte er schließlich. „Und daran hat sich im Prinzip auch nichts geändert."

„Im Prinzip? Was meinst du damit?"

„Weißt du doch, Lieschen: dass Kirche in meinem Leben bisher keine große Rolle gespielt hat. Und dass mich diese Formel aufgeschreckt hat: ‚Bis dass der Tod euch scheidet'!"

„Aber darauf besteht Heike doch nicht! Auf keinen Fall."

„Ja, ich weiß."

„Und wenn dir die kirchliche Hochzeit nicht unbedingt etwas bedeutet, dann heißt das doch nicht, dass du dich dadurch vergewaltigt fühlst, oder?"

„Mit anderen Worten: dass ich mich dir zuliebe darauf einlassen sollte?"

Diese plötzliche Wendung kam völlig unerwartet für Lisa. Doch als sie verstanden hatte, dass Jan seine Frage weniger als Frage denn als Idee verstand, als einen ernst gemeinten Vorschlag, spürte sie eine wunderbare Wärme in sich.

„Und warum solltest du das?"

„Weil du gesagt hast, dass du dir deinen Gott als eine Idee vorstellst, als ein ethisches Modell. Das hat mich bewegt. Darüber habe ich nachgedacht. Damit kann ich etwas anfangen. Und wenn ich das auf eine Waage lege und mit meiner relativen Gleichgültigkeit der Kirche und dem Glauben gegenüber vergleiche, dann weiß ich, was schwerer wiegt."

25

Diesmal waren alle pünktlich. Zwar waren die meisten schon mit ganz anderen Dingen beschäftigt - am nächsten Tag würden die Ferien beginnen! -, aber vorher noch sollte endgültig entschieden werden, wie man im ‚Fall Osterweil' verfahren wollte. Und das interessierte alle brennend.

Seit der Sitzung vor einer Woche war nichts passiert. Im Büro von Frau Rückert hatte es zwar ein paar neugierige Nachfragen gegeben, aber die Sekretärin hatte in jedem Fall auf Herrn Winter verwiesen. Darüber hatte sich auch niemand verwundert. Jeder kannte sie als eigentlichen Mittelpunkt der Gemeinde, wo zwar alle Neuigkeiten zusammenliefen, aber auch bestens gehütet wurden. Sie war freundlich zu allen, gab aber Aktuelles nur preis, wenn es mit Herrn Winter abgesprochen war. Elisabeth Rückert war durch nichts aus der Ruhe zu bringen.

Bis auf Ännchen Taste und Gerhild Runde saßen alle auf ihren Plätzen. Die Kantorin goss noch Tee auf, und Gerhild schien sich in einer Art Wahlkampf zu befinden. Sie schlich von einem zum anderen - nicht zu allen! Per Anderstatt ließ sie aus ... - und flüsterte ihnen etwas ins Ohr. Sehr geheimnisvoll! Man hätte denken können, dass sie jeden einzeln auf etwas einschwören wollte. Manche nickten, andere reagierten eher unwillig. Herr Winter registrierte das wohl, ließ sie aber gewähren. Er schien sich keinerlei Sorgen zu machen über das, was am Ende der Sitzung herauskommen würde.

Als auch Ännchen sich setzte, wurde es mucksmäuschenstill. Man hörte nur noch, wie sie ihren Stuhl zurechtrückte. „Entschuldigung!", sagte sie scheu, als ihr das bewusst wurde.

Dann ergriff Herr Winter das Wort.

„Meine Damen und Herren, ich begrüße Sie zur Fortsetzung unserer vor einer Woche begonnenen Gemeindeversammlung. Und ich gehe mal davon aus, dass Sie alle schon mehr oder weniger in Urlaubsstimmung sind, deshalb möchte ich es heute so kurz wie möglich machen."

„Wie soll das denn gehen?", rief Gerhild dazwischen. „Ist Frau Osterweil etwa schon weg?"

„Bitte, Frau Runde!" Herr Winter reagierte normalerweise verschnupft auf solche Art Unterbrechungen, doch diesmal hörte er sich eher amüsiert an. „Ein bisschen Geduld wäre durchaus angebracht."

„Eben! Aber Sie wollen es ja so kurz wie möglich machen!"

Gerhild machte einen außerordentlich kampfeslustigen Eindruck, sie guckte Beifall heischend um sich, musste aber feststellen, dass die meisten einen Blickkontakt mit ihr vermieden. Herr Winter legte demonstrativ eine Pause ein. Als er sicher war, dass Gerhild, zumindest im Augenblick, nichts weiter zu sagen hatte, fuhr er fort.

„Sie wissen, was auf der Tagesordnung steht. Es geht um die Frage, welche Position wir in der Sache Osterweil einnehmen. Darüber wollten wir heute befinden."

„Wieso wollten?", ging Gerhild erneut erbost dazwischen. Der Vorstand hob sofort die Arme und senkte sie, Handflächen nach unten, besänftigend gegen die Tischplatte. Aber diesmal war Gerhild nicht zu beruhigen.

„Sie wissen ganz genau, was für uns auf dem Spiel steht: nicht mehr und nicht weniger als das Image der Gemeinde!" Wie auf der Sitzung vor einer Woche änderte Gerhild plötzlich ihren Ton und bemühte sich um Sachlichkeit. Betont langsam und in normaler Lautstärke sprach sie weiter. „Eine Pastorin, die ihre Familie verläßt, kann nicht in unserer Gemeinde bleiben. Mit so einer Moral kann man nicht Vorbild sein. Hören Sie sich doch mal um. In den Geschäften zum Beispiel, wenn Sie einkaufen gehen. Da sind wir fast schon Tagesgespräch…."

Per Anderstatt räusperte sich auffällig, aber Gerhild ließ sich nicht aus dem Konzept bringen. Mit jedem Wort wurde sie wieder lauter.

„ … Wenn wir nicht endlich von uns aus aktiv werden in dieser unerfreulichen Affäre, wird man sich kaputt lachen über uns. Und Sie können sicher sein, dass wir die eine oder andere großzügige Spende, die wir bisher regelmäßig jedes Jahr von einigen Geschäftsleuten bekommen, vergessen können. Das hatten Sie doch selbst gesagt, Herr Winter."

Wenn ihre Tischnachbarin ihr nicht in den Arm gefallen wäre, hätte Gerhild zum Abschluss ihrer Philippika noch mit der Faust auf den Tisch geschlagen. Herr Winter gab ihr nochmals ein wenig Zeit, sich zu beruhigen, bevor er fortfuhr.

„Ich kann Ihre Aufregung verstehen, Frau Runde", sagte er, „aber sie ist vollkommen unnötig. Jedenfalls im Augenblick."

„Wieso das denn? Hat sich Frau Osterweil etwa von ihrem Neuen losgesagt und ist reuevoll in den Kreis der Familie zurückgekehrt?" Gerhild lachte hämisch.

„Wenn Sie mich mal ausreden lassen würden, Frau Runde, kämen wir endlich weiter." Herr Winter trank einen Schluck Tee. Als Gerhild sich wieder etwas beruhigt hatte, fuhr er fort.

„Die Situation ist nämlich eine andere als letzte Woche. Da hatte es ja noch so ausgesehen, als befänden wir uns in einem Schwebezustand. Frau Osterweil hatte angeboten, mit dem Probst zu reden und eine Versetzung ins Spiel gebracht. Das ist inzwischen geklärt."

Mitten hinein in ungläubiges Schweigen war zunächst nur ein einzige Stimme zuhören: „Wie bitte?" Erst nach drei, vier Sekunden setzte Gemurmel ein, und aus dem schnell lauter werdenden Stimmendurcheinander konnte man einzelne Satz- und Wortfetzen heraushören wie ‚Geht sie?' oder ‚Endlich!' und ‚Warum hat er das nicht gleich gesagt?' oder ganz einfach nur ein zutiefst erstauntes ‚Nein!'

„Vielleicht haben Sie mich mißverstanden." Herr Winter verschaffte sich erneut Gehör. „Oder ich habe mich nicht ganz korrekt ausgedrückt. Was ich sagen wollte ist: die Sache mit dem Probst ist vom Tisch."

Diesmal war das Schweigen komplett. Eine Mischung aus Verwirrung, Verblüffung, Verständnislosigkeit.

„Will sagen", ergänzte der Vorstand, dem die fassungslosen Gesichter deutlich vermittelten, dass er sich noch immer nicht klar ausgedrückt hatte: „Frau

Osterweil bleibt."

Jetzt hielt Gerhild es nicht mehr aus auf ihrem Platz. Sie schoss in die Höhe, und der Tee in ihrem und den anderen Bechern schwappte ungestüm, weil sie beim Aufstehen keine Rücksicht auf die Tischkante genommen hatte. „Moment!", versuchte Herr Winter sie noch zu bremsen, der sich nun doch Sorgen um den geordneten Fortgang der Versammlung machte, „ich bitte um Wortmeldungen!" Aber das hörte Gerhild nicht. „Haben Sie nicht eben gesagt, Herr Winter, dass wir heute darüber befinden wollten, welche Position wir in der Sache Osterweil einnehmen? So haben Sie sich doch ausgedrückt, oder? Und jetzt plötzlich sagen Sie, Frau Osterweil bleibt. Das ist doch wohl ein Widerspruch, oder? Den müssen Sie uns mal erklären."

Inge zerrte an Gerhilds Kleid: sie solle sich wieder hinsetzen. „Lass mich!", fauchte Gerhild sie an. Als sie aber merkte, dass niemand in ihr Horn stieß, ja, dass alle Anwesenden peinlich bemüht waren, ihren Auftritt zu ignorieren, nahm sie tatsächlich wieder Platz.

„Können wir jetzt weitermachen?", fragte Herr Winter; die meisten nickten mit dem Kopf. „Die Sache ist eigentlich ganz einfach. Frau Osterweil hatte mir ja tatsächlich vorgeschlagen, unseren Probst entscheiden zu lassen, wie es weitergehen soll. Das ist jetzt vom Tisch, wie ich sagte. Seit heute. Frau Osterweil hat mich nämlich heute nachmittag angerufen und mir mitgeteilt, dass sie sich entschieden habe, in der Gemeinde zu bleiben."

„Das ist doch nicht Ihr Ernst!"

„Doch, Frau Runde, das ist mein Ernst. Sie hat mir mitgeteilt, dass sie bleiben und auch die geplante Trauung am Tag unseres Gemeindefestes vornehmen will."

„Und Sie: was haben Sie ihr gesagt?"

Herr Winter, der vergeblich nach seinen ‚Gumsters' gesucht hatte, sie steckten wohl noch in dem Jackett, das er tagsüber getragen hatte, berichtete nun detailliert von dem Telefongespräch mit der Pastorin. Es sei ihr natürlich bewusst, erläuterte er, dass sie das nicht allein zu entscheiden habe, sondern dass es letzten Endes eine Angelegenheit des Gemeinderates und des Probstes sei. Solange von der Seite aber keine Weisung vorliege, wolle sie ihr Amt weiter ausüben. Sie könne sich durchaus vorstellen, dass einige Gemeindeglieder das kritisch sähen. Aber sie selbst habe sich nichts vorzuwerfen. Sie habe ihren Dienst in der Gemeinde mit Freude, mit Verantwortung und mit christlicher Überzeugung geleistet. Alles andere sei ihre Privatsache, über die niemand sonst als sie selbst, ihr Mann und ihr Freund zu befinden hätten. Und was die Hochzeit am Tag des Gemeindefestes beträfe, läge ihr der ausdrückliche Wunsch des Brautpaares vor, diese Trauung an dem Tag vorzunehmen.

Herr Winter legte eine kurze Denkpause ein.

„Ich glaube nicht, dass ich etwas vergessen habe."

Gerhild hatte schon wieder den Mund geöffnet, aber diesmal war Per Anderstatt schneller. Er hatte sofort die Hand gehoben, als der Vorstand seinen Bericht beendet hatte, und der hatte ihm gerne das Wort erteilt.

„Ich finde, wir sollten etwas Ruhe in die Diskussion bringen. Vorwürfe oder Wutausbrüche helfen uns nicht weiter. Wie ist denn der Sachverhalt? Frau Osterweil hat erst einmal ganz persönlich für sich entschieden, bleiben zu wollen. Diese Entscheidung müssen wir akzeptieren."

„Nein! Das ist Sache des Gemeinderates, nicht der Pastorin!" Gerhild schnaubte dazwischen.

„Richtig, Frau Runde. Nachdem die Pastorin zunächst einmal ihre eigene Position geklärt hat, müssen wir unsere klären. Wir wissen, dass wir als Gemeinderat ihr Arbeitgeber sind und dass unsere Entscheidung am Ende den Ausschlag gibt. Aber was nützt es, wenn wir uns von Frau Osterweil trennen? Sie ist als Pastorin einfach gut, das wissen wir. Und wenn wir sie jetzt rausschmeißen - das wäre ja ein Rausschmiss, anders kann man es nicht nennen -, dann würde das für viel Wirbel sorgen. Innerhalb der Gemeinde, aber auch in der Öffentlichkeit."

„Und wenn sie bleibt, gibt es mindestens genauso viel Ärger, wahrscheinlich noch mehr. Das würden viele nicht mitmachen."

„Kann sein, Frau Runde. Wenn Sie so wollen, steht also Wirbel gegen Ärger. Und in dem Fall wäre ich doch dafür, die Pastorin bis auf Weiteres zu behalten."

„Bis auf Weiteres? Was meinen Sie denn damit?"

Gerhild hatte sich allmählich ‚in Betriebstemperatur' geredet, wie man über sie sagte, wenn sie sich nicht mehr zurückhalten konnte. Und diesmal fuhr sie einen neuerlichen Angriff gegen die ihrer Meinung nach unerträgliche Moral der Pastorin. Mit spitzen Bemerkungen sparte sie dabei nicht. Als sie sich jedoch zu der Drohung hinreißen ließ, Frau Osterweil würde keine ruhige Minute mehr haben, wenn sie darauf bestehe in St. Lukas zu bleiben, gab es Protest. Nicht nur von Herrn Winter, sondern auch von Per Anderstatt, Frau Rückert und Ännchen Taste. Ännchen sagte nur drei kurze Worte, aber die kamen offensichtlich an bei Gerhild. „Das ist fies!", sagte sie aus tiefster Überzeugung. Gerhild setzte zu einer spontanen Antwort an, hielt dann aber kurz inne und machte schließlich einen Vorschlag. „Dann beantrage ich, das Gemeindefest um eine Woche zu verschieben und bitte um Abstimmung darüber."

Herr Winter musste dem Antrag stattgeben. Die Abstimmung ergab jedoch eine deutliche Mehrheit gegen eine Verschiebung. Und dann kam es, wie es kommen musste: man einigte sich auf einen Kompromiss, der niemandem wehtun würde. Herr Winter schlug nämlich vor, einen Appell an die Pastorin zu richten: sie möge noch einmal mit dem Brautpaar reden und die beiden bitten, die Trauung zu verschieben. Dieser Appell, begründete er, habe durchaus eine Chance auf Erfolg. Er könne sich nicht vorstellen, dass die Pastorin dieser Bitte nicht entsprechen würde. Und er würde sich zutrauen, das ‚in Ordnung zu bringen'.

„Wir lassen uns hier regelrecht vorführen", kommentierte Gerhild diesen Beschluss. „Aber die kann mit uns nicht machen, was sie will. Sie wird schon sehen, was sie davon hat!" Ihr Gesichtsausdruck spiegelte etwas wider, das nichts Gutes versprach.

Nicht gut war auch die Stimmung bei den Mitgliedern des Rates. Nach und nach, meist schweigend, erhoben sie sich von ihren Plätzen. Anders als sonst kam es kaum noch zu Gesprächen unter ihnen, die die Sitzung Revue passieren ließen oder auch ins Private gingen. Niemand war zufrieden mit dem Abend. Von Urlaubsstimmung konnte keine Rede sein.

Gerhild verschwand als Erste. Herr Winter schaute nachdenklich hinter ihr her. Wartete, bis alle anderen auch gegangen waren. Und verließ dann, zusammen mit Frau Rückert, als Letzter den Saal. Die Sekretärin schloss hinter ihm ab.

„Sie halten die Stellung?", stellte Herr Winter mehr fest als dass er fragte. Er kannte natürlich den Dienstplan der ‚Festen' während der Ferien.

„Eine Woche Golf", sagte Frau Rückert. „Wir verreisen richtig erst im Winter, wie immer."

„Dann viel Spaß!", wünschte Herr Winter. Er hätte gerne noch ein paar Worte mit der Sekretärin gewechselt. Er war nicht zufrieden mit sich selbst und brauchte Entlastung. Aber er hatte den Eindruck, dass Frau Rückert nicht dazu aufgelegt war.

26

Am Tag darauf begannen die Schulferien. „Kaiser-
wetter!", sagte Herr Winter beim Frühstück zu seiner
Frau. Der Himmel war ein einziges Blau. Und die
Sonne, hieß es in den Nachrichten auf ‚Info', sollte 14
Stunden scheinen. Ein letzter Schultag, wie man ihn
sich nur wünschen konnte!

„Heute nachmittag sollten wir schon mal unsere
Sachen zusammen suchen", sagte Frau Winter, „damit
wir noch genügend Zeit haben, wenn etwas fehlt."

Die beiden wollten nach Österreich. Mit dem Auto,
hatte Herr Winter durchgesetzt. Er sei die Verspä-
tungen der Bahn leid; man könne nicht mehr sicher
sein, die Anschlusszüge zu erreichen. Mit dem Auto
seien sie unabhängig. „Unabhängig im Stau", hatte sie
darauf geantwortet.

Österreich war ihr Lieblingsziel. Lesen, wandern,
gut essen! ‚Gesund in Kopf und Körper!', war das
Motto, auf das sich beide leicht geeinigt hatten. Den
Kopf übernahm sie, denn sie packte jedes Mal eine
kleine Bibliothek in den Koffer. Nichts tat sie lieber,

als sich in einen Liegestuhl auf die Wiese hinter dem Hotel zu setzen und zu lesen. Das Summen der Insekten, der Geruch der Wiese und die Bilder, die sich beim Lesen in ihrem Kopf bildeten: das war Erholung pur.

Er kümmerte sich mehr um den Körper. Die Wanderkarte, die er seit vielen Jahren besaß, hielt kaum noch zusammen; die meisten der Falten waren mit Tesafilm überklebt. Aber er brauchte sie eigentlich gar nicht. Er hatte einen guten Orientierungssinn und kannte fast alle Wege im größeren Umkreis. Vor allem die Bänke, die am Waldrand oder oberhalb ausgedehnter Wiesen standen und auf denen man seinen Gedanken nachhängen konnte. Er empfand ein tiefes Wohlgefühl, wenn er den lieben, langen Tag allein unterwegs war und so gut wie keinen Menschen traf. Wenn er sich auf immer andere Bänke setzen und auf einer von ihnen um die Mittagszeit seine Stullen verzehren konnte.

Am ersten ‚Wandertag' erklomm er die Höhe hinter dem Hotel, wanderte eine ganze Weile auf ihrem Kamm entlang, stieg in das nächste Tal hinab und dann erneut bergauf. Bis er auf eine Bank stieß, die man offenbar neu hier aufgestellt hatte. Herr Winter setzte sich. ‚Nur mal kurz', ging es ihm durch den Kopf. Sein Blick wanderte hinunter ins Tal und blieb an einem Kirchlein hängen, dessen vergoldete Turmuhr in der Sonne blitzte. Und genau in dem Augenblick war es vorbei mit der Erholung am ersten ‚Wandertag‘. Die letzte Vorstandssitzung fiel ihm nämlich ein. Gerhild Runde, die ihn unentwegt unterbrochen hatte. Und die Rolle, die er selbst auf dieser Sitzung gespielt hatte, und mit der er alles andere als zufrieden sein konnte. Denn es war ihm, wie er sich eingestehen musste, weder gelungen ‚das Schiff auf Kurs zu halten‘ noch ‚schwerer See auszuweichen‘.

Er gestand sich ein, dass er einen Fehler begangen hatte. Im ersten Teil der letzten Vorstandssitzung hatte er angekündigt, in der Sache Osterweil noch vor den Ferien einen Beschluss herbeizuführen. Genau das war ihm aber nicht gelungen. Stattdessen hatte er kopflos einen faulen Kompromiss vorgeschlagen, der unglücklicherweise akzeptiert worden war. Nun war es seine Aufgabe, aus dem ganzen Schlamassel wieder herauszufinden. Er musste die Pastorin bitten, noch einmal mit dem Brautpaar zu reden und die Trauung zu verschieben. Aber anders als in der letzten Gemeinderatssitzung, in der es ihm nur noch darauf angekommen war, einigermaßen unbeschädigt davonzukommen, sah er nun klar und deutlich die Hoffnungslosigkeit dieses Unterfangens. Die Pastorin hatte sehr entschlossen geklungen, als sie ihm am

Telefon gesagt hatte, dass sie sich entschieden habe zu bleiben - sofern die Gemeinde oder der Probst nichts Gegenteiliges wünsche.

Herr Winter betrachtete versonnen die sonnenbeschienene Kirchturmuhr. Und das dazugehörende Kirchlein. Es sah alles so harmlos und niedlich aus, so geregelt und konfliktfrei. Ganz anders als St. Lukas.

Dann stand er auf und machte sich wieder auf den Weg. „Wenn der Körper sich bewegt, kann das Gehirn besser arbeiten!", sagte seine Frau immer. Doch soviel Mühe er sich auch gab, Klarheit in seine Gedanken zu bringen und eine Lösung für den Konflikt in St. Lukas zu finden, er kam immer zu demselben Ergebnis: die Karre schien erst einmal in den Dreck gefahren zu sein. Seine Bitte an die Pastorin würde sehr freundlich von ihr aufgenommen, aber abschlägig beschieden werden. Und dann würde es tatsächlich Unruhe in der Gemeinde geben. Gerhild Rundes wütender Vorwurf, die Gemeinde lasse sich vorführen, ging ihm nicht aus dem Kopf.

Im nächsten Dorf, das idyllisch um eine Mühle herum gruppiert war, trank er ein großes Pils. Das tat er sonst nie um diese Tageszeit.

*

Frau Rückert und ihr Mann erholten sich gerne beim Golfen. In diesem Sommer flogen sie für eine Woche nach Südspanien, allen lästerlichen Kommentaren zum Trotz. Natürlich musste man kritisieren, dass sie für nur eine Woche Urlaub ins Flugzeug stiegen. Und es war ja auch richtig, dass die Golfplätze in Spanien unglaubliche Mengen an Wasser verbrauchten, das vielleicht woanders fehlte. Aber konnte man allein die Welt retten? Sollte man auf alles verzichten, während andere noch nie etwas vom Klima gehört hatten? Das Ehepaar Rückert lebte im Allgemeinen, wie es fand, durchaus klimabewusst und hatte ‚insgesamt ein reines Gewissen‘, das sich beim Golfurlaub in Spanien allerdings nur selten zu Wort meldete.

Aber etwas anderes meldete sich zu Wort.

Am Abend des ersten Urlaubstages klingelte nämlich Frau Rückerts Handy. Gerhild Runde! Frau Rückert zögerte einen Moment, schaltete ihr Telefon dann aber entschlossen ab. Sie hatte Urlaub! Und sie wollte in dieser einen Woche nicht von Angelegenheiten der Gemeinde belästigt werden. Schon gar nicht von Gerhild Runde.

Doch dieser nicht entgegengenommene Anruf turnte ab sofort in ihrem Kopf herum. Und obwohl sie ihn ja gar nicht angenommen hatte, hörte sie dazu jedesmal die Stimme von Gerhild Runde: „Frau Osterweil wird keine ruhige Minute mehr haben, wenn sie darauf besteht in St. Lukas zu bleiben!" Frau Rückert wusste aus Erfahrung, dass dieser Satz von Gerhild nicht einfach so dahingesagt war. Dass er keine leere Drohung war. Und im Nachhinein begann sie sich darüber zu wundern, dass Herr Winter dem nicht entschiedener begegnet war. Überhaupt hatte er sich an diesem Abend einige Blößen gegeben. Ja, er hatte unsicher gewirkt. Er hatte Frau Runde viel zu lange zugehört und ihr wenig entgegengesetzt. Mit dem fragwürdigen Kompromiss, den er plötzlich aus der Tasche gezogen hatte, war ja nichts gewonnen. Als ob die Pastorin sich auf die Bitte, die Trauung zu verschieben, einlassen würde. Sie kannte Heike Osterweil gut genug um zu wissen, dass sie bei ihrer einmal getroffenen Entscheidung bleiben würde. Und wenn sie ehrlich war, musste sie die Pastorin darin sogar unterstützen. Dieses Gerede von Kirche und Moral und ethischen Überzeugungen und Grundsätzen war ihr viel zu leer. War es nicht tatsächlich allein ihre Privatsache? Hatte sie in ihrem Arbeitsvertrag unterschrieben, dass sie sich bei einer Trennung oder gar Scheidung dem Probst ,zur Verfügung' stellen musste? Und was war mit den ethischen Prinzipien der anderen, die über das Schicksal einer Person wie der Pastorin entscheiden mussten? Standen die außerhalb jeder Kritik?

Als das Ehepaar zum Rückflug nach Deutschland eincheckte, hatte Elisabeth Rückert ein neues Handicap im Koffer. Sie wunderte sich sehr darüber, denn sie war der Ansicht, dass sie sich nur selten richtig auf das Golfspielen konzentriert hatte.

*

Ännchen hatte nicht eine Sekunde darüber nachdenken müssen, wo sie ihren Sommerurlaub verbringen wollte. Für sie stand fest, dass dafür nur das Haus ihrer Eltern infrage kam. So war es in den letzten 7 Jahren, seit sie ihre Stelle in St. Lukas innehatte, immer gewesen.

Die Eltern lebten immer noch in dem abgeschiedenen Dorf im Allgäu, wo Ännchen ihre Kindheit verbracht hatte; dorthin für ein paar Wochen zurückzukehren, das war die beste Erholung für sie. Nicht nur wegen der herrlichen Natur, der Wiesen, Wälder,

Bäche, sondern auch der Eltern wegen, die Ännchen über alles liebte. Die Anreise aus dem Norden Deutschlands zu ihnen war aufwendig, die konnte Ännchen bestenfalls zwei- oder dreimal im Jahr machen. Aber dass sie nicht den Sommerurlaub bei ihnen verleben würde, das war undenkbar.

Eine Stunde, bevor der Bus mit Ännchen am Dorfbrunnen halten sollte, standen die Eltern schon an der Säule mit dem Fahrplan, auf dem nur wenige Zahlen zu sehen waren, und warteten auf ihre Tochter. Jedes Jahr! Und jedes Jahr hatte die Mutter ein kleines Blumensträußchen in der Hand, und der Vater guckte alle zwei Minuten auf die Uhr. So war es auch in diesem. Als Ännchen aus dem Bus stieg, konnte sie nach all der Vorfreude und vor glückseliger Aufregung kaum die Tränen unterdrücken. Gut, dass die Mutter sie gleich in die Arme schloss und Ännchen ihr Gesicht eine Zeit lang verstecken konnte, bevor die Mutter sie wieder freigab.

„Was gibt es Neues in Lukas?", erkundigte sich der Vater beim Abendessen.

Für Ännchen war es die größte Freude, wenn sie alles mit den Eltern teilen konnte. Es war schon vorgekommen, dass sie nachts nicht schlafen konnte, nur weil sie vergessen hatte den Eltern etwas Wichtiges zu erzählen. Sie hatte lange wach gelegen und sich von einer Seite auf die andere gedreht; es war ihr schwer gefallen, nicht aufzustehen und die Eltern zu wecken.

Auf die Frage ihres Vaters hin war es diesmal leider die Sache mit der Pastorin, die sie den beiden Alten in allen Einzelheiten vortragen musste. Dabei gab sie sich große Mühe, niemandem Unrecht zu tun, niemandem eine Schuld zuzuweisen. Sogar Gerhild Runde kam einigermaßen glimpflich davon, weil Ännchen deren hässliche Einwürfe und Kommentare ein wenig ins Komische zog. Doch der Vater kannte seine Tochter nur allzu gut. Er wusste, dass sie niemanden verletzen konnte. Und es blieb ihm nicht verborgen, dass Ännchen, was Gerhild betraf, manches hinunterschluckte.

„Kannst du die Pastorin denn verstehen?", fragte die Mutter, für die es in jeder Sekunde ihres Lebens undenkbar gewesen wäre, an eine Trennung von ihrem Mann zu denken.

„Ja, das kann ich. Das kann ich sogar sehr gut, weil ich deutlich spüre, wie weh es ihr selbst tut."

Die Eltern nickten bedächtig mit den Köpfen.

„Sie macht sich doch selbst die größten Vorwürfe. Deshalb ist es ja so schlimm, wenn andere schlecht über sie reden."

Alle drei schwiegen. Und aßen. Und dachten über die Geschichte nach, die Ännchen erzählt hatte.

244

Keiner hatte das Bedürfnis, noch etwas dazu zu sagen, aber keiner wagte es, das Thema abzuschneiden. Es war allen nahe gegangen.

*

Per Anderstatt blieb zu Hause. Das hieß nicht, dass er keinen Urlaub machte; auch er hatte sich drei Wochen freigenommen. Und freute sich darauf, in dieser Zeit seine Wohnung zu renovieren. Unter Zeitdruck stand er allerdings nicht. Wenn das Wetter schön wäre, würde er Werkzeugkasten, Pinsel und Farben zurück in die Kammer stellen und eine Tour mit dem Fahrrad machen. Oder ins CAFÉ gehen. Die hatten im Sommer Tische und Stühle herausgestellt. Man konnte einfach da sitzen und Zeitung lesen, in die Sonne blinzeln und die Vorübergehenden beobachten - wie in Paris. Dort war er vor Jahren einmal kurz gewesen und hatte seither immer wieder versucht, dieses schöne Café-Gefühl, das er dort kennengelernt hatte, auch in seiner Heimatstadt zu genießen.

Wenn er zufällig mal an St. Lukas vorüberging, fiel ihm immer auf, wie verlassen die Gemeinde lag. Obwohl, wie er wusste, auch in den Sommerferien an jedem Sonntag Gottesdienst gefeiert wurde. Aber wo sonst Kinder in der Grünen Hölle herumtobten oder Senioren auf den Bänken saßen und über Gott und die Welt redeten, war es jetzt still. Wenn er dann an die letzte Sitzung des Gemeinderates dachte, beschlich ihn der Gedanke, dass das doch alles nicht wahr sein konnte. Wie konnte es sein, dass das Privatleben der Pastorin einen solchen Konflikt für die ganze Gemeinde heraufbeschworen hatte? Er dachte an das Ferienende und das geplante Gemeindefest und an die nächste Sitzung des Gemeinderates. Und dabei wurde ihm etwas flau.

*

Das Geschwader hatte eine Pauschalreise nach Paris gebucht. Kaum hatte der Bus kurz vor Lille die französische Grenze überquert, zog Ilse eine lauwarme Flasche Rotkäppchen-Sekt und drei Plastikgläser aus der Tasche.

„Bienvenue en France!", strahlte sie und wurde daraufhin begeistert von ihren Freundinnen beklatscht.

Dann ging es los. Thema war die Affäre Osterweil.

Ein Thema, das sich vorzüglich für eine längere Busfahrt eignete, zumal mit ein paar Schlückchen Sekt im Magen.

„Mir tut die ja so leid", begann Ilse. „Ich meine, für den Mann und die Kinder ist das ja bestimmt nicht schön, das muss man ja auch sehen. Aber das hat sie doch selbst gesagt. Sie war richtig ehrlich, oder? Damals nach dem Gottesdienst, im Kirchencafé."

Eva und Sigrid bestätigten das unisono, und die Damen prosteten sich urlaubsfröhlich zu.

„Ich glaub ja, dass das doch etwas mit dem Alter zu tun hat. Also dieser Johannes scheint ja entschieden jünger zu sein als ihr Architekt", vermutete Eva.

„Und er ist ja auch dauernd unterwegs, ihr Mann", ergänzte Sigrid.

„Hat sie so angedeutet, stimmt. Andererseits hat sie aber auch deutlich gemacht, dass er immer treu ist, und dass sie sich auf ihn verlassen kann. Da hätt ich beinah geheult", sagte Ilse. „Also schmutzige Wäsche hat sie nicht gewaschen."

Als sich der Bus durch Lille schlängelte, unterbrachen die drei ihr Gespräch für eine Weile und schauten zum Fenster hinaus. „Die Franzosen sehen auch nicht anders aus als die Deutschen", stellte Sigrid versonnen fest und löste damit bei den beiden anderen lautes Gelächter aus. „Sie trinken nur keinen

Rotkäppchen-Sekt", sagte Ilse. „Prost!"

Mit leicht geröteten Gesichtern fanden die drei Freundinnen noch einmal zurück zu ihrem ursprünglichen Thema.

„Und was den guten Ruf der Gemeinde angeht, den die Runde immer beschwört", sagte Ilse, „da kann ich nur lachen. Das ist ein ganz übler Vorwand, mehr nicht. Wenn einer unseren guten Ruf beschädigt, dann ist das doch die Runde. Die will die Pastorin einfach nur loswerden, sag ich. Überall stänkert sie rum. Weil ihr alles nicht passt, was die Osterweil macht. Die Bio-Würstchen passen ihr nicht, die neue Tonanlage passt ihr nicht, die Bienenwiese passt ihr nicht, die ganze Richtung passt ihr nicht."

Ihre Freundinnen nickten zustimmend, doch wesentlich Neues fügten sie dem bereits Gesagten nicht mehr hinzu. Sie waren sich allerdings einig, dass die Pastorin unbedingt in der Gemeinde bleiben müsse. „Allein die Predigten, die sie hält!" Und jeden Abend, wenn sie auf einem der Pariser Boulevards in einem Straßenrestaurant saßen und es sich gut gehen ließen, wurde das Thema Heike Osterweil aufgewärmt. Immer mit demselben Ergebnis.

*

Gerhild Runde besuchte eine alte Freundin mit Namen Gertrud. Die besaß ein Häuschen, das stark sanierungsbedürftig war, von dessen Küche aus man aber einen herrlichen Blick auf den Fluss hatte. Auf dem neuerdings asphaltierten Weg direkt am Wasser zogen pausenlos Radtouristen vorbei. Tagein, tagaus saß derselbe Angler an derselben Stelle geduldig auf seinem Klappstuhl. Am Himmel schien die Sonne, darunter kreisten die Störche, und an den Sträuchern wurden die Beeren dicker und nahmen Farbe an. Mehr Urlaub konnte man sich kaum vorstellen. Da Gerhild und Gertrud aber beide mit einem sehr aktiven Mundwerk gesegnet waren, beide in pausenlosem Einsatz, oft gleichzeitig, war es nicht sicher, dass sie diese sommerlichen Schönheiten genießen konnten.

„Ich muss dir unbedingt was erzählen!"

Noch bevor sie ihren Koffer in dem winzigen, mit allerlei Gerümpel angefüllten Flur abgestellt hatte, eröffnete Gerhild den Gesprächs-Marathon.

„Das kannst du dir nicht vorstellen!"

Die beiden Frauen schafften es gerade noch bis zum Küchentisch am Fenster. Mit Weserblick. Gertrud hatte glücklicherweise schon vor Gerhilds Ankunft Kaffee und Kuchen bereitgestellt; jetzt hätte sie keine Zeit mehr dazu gehabt, denn Gerhild überfiel sie geradezu.

„Stell dir vor, die Osterweil, also unsere Pastorin, die mit dem Architekten, von dem ich dir schon mal erzählt hab, der ständig unterwegs ist und Preise bekommt und überall Beton hinstellt, weißt du, die hat neuerdings einen Johannes, 20 Jahre jünger als der Architekt, mit dem will sie sich, ich weiß nicht was. Und was ist mit den Kindern? Kannst du mir das sagen? Die hat doch zwei Blagen, die Osterweil, die sind beide bei uns, also in St. Lukas, im Kindergarten, ganz süße Gören, die können einem richtig leid tun, und jetzt will sie sich einfach aus dem Staub machen, die Osterweil. Und die ist doch Pastorin! Ja, ist das denn die Möglichkeit! Beinah hätte ich ja gesagt: Ehebrecherin, obwohl, nee, natürlich, anders geht das doch gar nicht. Und das erlaubt die sich ohne mit der Wimper zu zucken. Alles egal! Hauptsache Spaß!"

Gerhild musste kurz Luft holen.

„Und denkst du, sie hält es für nötig zu gehen? Oder die Gemeinde schmeißt sie raus? Ich bin ja im Gemeinderat, drei Sitzungen haben wir schon damit verplempert. Und da gibt es doch tatsächlich welche, die behaupten, dass sei ihre Privatsache! Weißt du,

250

Gertrud, ich hab ja ganz zufällig bei der Osterweil im Zimmer ein Foto gesehen von diesem Johannes, sieht gut aus, der Mann, muss man ihm lassen, aber zwei, drei Jahre, dann ist der wieder weg, kann ich dir sagen. Der hält es doch nicht lange aus mit einer Pastorin. Und die hat doch keine Moral! Und so etwas soll auf unserer Kanzel stehen und den lieben Gott vertreten?"

So begann es. Und dann folgten Tage, in denen dieses Thema, am Küchentisch sitzend und die herrliche Aussicht ignorierend, immer wieder aufbereitet und immer breiter getreten wurde. Gerhild erlebte es wie ein Bad für die Seele. Bis Gertrud plötzlich fragte, was denn nun mit der Pastorin geschehen solle? So könne es ja nicht weitergehen, das sei doch klar! Und aus dieser einfachen Frage entwickelte sich eine Art Brainstorming, in dem genüßlich eine ganz Reihe von Ideen diskutiert wurde, die aber alle wieder verworfen wurden. Bis Gertrud schließlich sagte, dass die einfachsten Ideen immer die besten seien. Als Gerhild sie daraufhin verblüfft anschaute, beugte Gertrud sich über den Tisch - obwohl weit und breit keine Menschenseele in der Nähe war - und flüsterte Gerhild etwas ins Ohr. „Nee!", sagte die nur, „meinst du, das hilft?"

Damit war der Fall Osterweil noch nicht zu Ende

besprochen. Aber als Gerhild nach 14 Tagen wieder im Zug saß, hatte sie einen Plan.

27

In der zweiten Augustwoche, die Sommerferien waren zu Ende, war das Büro von St. Lukas wieder regelmäßig besetzt. Das Gemeindefest stand kurz bevor; Frau Rückert hatte alle Hände voll zu tun. Beinahe täglich erschien jemand aus dem Vorstand im Büro und streckte neugierig seine Fühler aus: ob denn schon etwas wegen der Trauung entschieden sei? Ob Herr Winter, wie versprochen, mit der Pastorin geredet und sie die Trauung verschoben habe?

Frau Rückert wollte darüber keine Auskunft geben. Niemand glaubte ihr zwar, dass sie nichts wisse, aber alle kannten die Sekretärin und akzeptierten, dass sie über den Kopf des Vorstands hinweg niemals etwas sagen würde. Ganz anders als Gerhild. Wo sie auftauchte, sprach sie über dieses Thema und äußerte ungefragt ihre Meinung. Wie sie es tat, war zunehmend lästig, so dass ihr die meisten, wann immer möglich, aus dem Weg gingen.

Einer allerdings ging Gerhild selbst aus dem Weg: Heike Osterweil.

„Haben Sie mal wieder mit Frau Runde gesprochen?", fragte Frau Rückert eines Tages die Pastorin im Gemeindebüro.

„Nein", war die Antwort, „ich habe öfter versucht, sie zu grüßen, aber ich habe den Eindruck, dass sie mich nicht bemerken will."

„Ich dachte nur, dass es ja vielleicht ganz hilfreich wäre, wenn Sie mal mit ihr redeten. Ein bisschen Deeskalation sozusagen."

„Ja, das glaube ich auch. Aber wenn sie mir immer ausweicht … was soll ich da machen? Oder meinen Sie, ich sollte sie mal anrufen?"

Der geflügelte Satz, dass, wenn man vom Teufel spricht, der auch zur Tür hereinkommt, traf in dieser Sekunde zu. Ohne anzuklopfen, stürmte Gerhild herein und schrak zurück, als sie die Pastorin sah. „Entschuldigung!", stammelte sie und presste ihre Handtasche wie zum Schutz an sich, „ich … ich wollte nur kurz an mein Fach."

„Aber Sie haben es doch vor einer Stunde gerade geleert!", sagte Frau Rückert freundlich.

Darauf wusste Gerhild nichts zu antworten. Die Schlagfertigkeit, über die sie sonst verfügte, ließ sie diesmal im Stich. Sie stand da wie ein begossener Pudel; es war nicht zu übersehen, dass ihr das unerwartete Zusammentreffen mit der Pastorin überhaupt nicht passte. Sie vermied jeden Blickkontakt mit ihr. Heike ihrerseits wollte die Gelegenheit nutzen, um mit Gerhild ins Gespräch zu kommen.

„Ach, Frau Runde, vielleicht hat Sie der liebe Himmel geschickt. Ich wollte Sie nämlich sowieso noch anrufen. Haben Sie einen Augenblick Zeit?"

Heike fand immer noch keine Worte, holte aber tief Luft.

„Wir könnten in mein Büro gehen …" Die Pastorin lächelte sie freundlich an, aber als Gerhild zögerte, machte sie sofort einen anderen Vorschlag. „Wir können aber auch hier bleiben. Vielleicht ist es ja ganz gut, wenn wir zu dritt reden. Wenn Frau Rückert nichts dagegen hat …"

Frau Rückert breitete im Sitzen weit ihre Arme aus, was soviel heißen sollte wie ‚bitte, gerne!'

„Um was geht es denn?" Gerhild hatte sich gefangen. Sie knallte ihre Handtasche auf den Tisch und zeigte sich plötzlich angriffslustig. „Geht es um die Gemeinde - oder um etwas Privates?"

Heike Osterweil registrierte die nur schlecht versteckte Spitze, wollte sich aber nicht provozieren lassen.

„Ich glaube, man kann das in diesem Fall nur schwer voneinander trennen. Nein, mir geht es darum, mich mit Ihnen zu verständigen. Ich habe ja mitbekommen, dass Sie manchmal anderer Meinung sind als ich …"

„Das ist nicht schwer …"

„Und es ist ja auch gut, wenn nicht alle dasselbe denken …"

„Manchmal bleibt einem gar nichts anderes übrig!" Gerhild ließ keine Gelegenheit aus, auf Konfrontationskurs zu gehen.

„ … aber es gibt ja auch die Möglichkeit, aufeinander zuzugehen und sich zu verständigen. In der Würstchen-Sache zum Beispiel haben wir doch auch einen Kompromiss gefunden. Und der ist mir genauso schwer gefallen wie Ihnen, das können Sie mir glauben. Ich bin überzeugt davon, dass es besser ist, den Fleischkonsum radikal zu begrenzen, und ich habe ja auch begründet, warum. Das heißt aber nicht, dass ich nicht trotzdem versuche Ihre Meinung zu akzeptieren …"

Gerhild wurde ungeduldig. „Mag sein. Aber was Ihre Familie und Ihren neuen Freund angeht: Wie soll denn da ein Kompromiss aussehen? Wollen Sie vielleicht mit zwei Männern leben?"

Frau Rückert hatte bisher ihren Mund gehalten, obwohl es ihr schwer gefallen war. Doch jetzt konnte sie sich nicht länger zurückhalten.

„Bitte, Frau Runde! Das muss nicht sein!"

„Doch, das muss, Frau Rückert! Oder können Sie mir erklären, wie da ein Kompromiss aussehen könnte?"

Frau Rückert wollte nicht noch mehr Öl ins Feuer gießen, sie verzog nur leise erschrocken den Mund. Und Gerhild wurde immer lauter.

„Man muss sich für das eine oder das andere entscheiden. Und wenn ich Pastorin wäre und würde jeden Sonntag die Bibel auslegen und anderen predigen, wo es lang geht, dann würde ich mich auch mal selber überprüfen. Es geht doch nicht, dass ich meine Familie und meine Kinder im Stich lasse und womöglich den Finger hebe und der Gemeinde das 6. Gebot ..." Sie stockte einen Moment und fuhr kurz darauf, nach den passenden Worten suchend, fort: „ ... also das sind ja ganz verschiedene Maßstäbe, die Sie da anlegen, Frau Pastorin!" Das ‚Frau Pastorin' klang beinahe verächtlich. „Und dann noch eine Trauung vornehmen, und das an demselben Tag, an dem wir das Gemeindefest feiern. Das müssen Sie mir mal erklären!"

Gerhild hatte sich mächtig in Rage geredet. Von der anfänglichen Verwirrung, in die sie die unerwartete Begegnung mit der Pastorin gestürzt hatte, war nichts mehr übrig geblieben. Frau Rückert war klug und hielt sich zurück. Heike Osterweil fiel es allerdings

257

sehr schwer, die Angriffe auf ihre Person aushalten; hinunterschlucken konnte sie sie jedenfalls nicht. Sie war blass geworden. Und Gerhild, einmal in Fahrt geraten, schien keinerlei Rücksicht mehr nehmen zu wollen.

„Wissen Sie, Frau Pastorin, was Sie sich mal fragen sollten?"

Gerhild wartete einen kurzen Augenblick ab, während die beiden anderen sie beinahe entsetzt über so viel Aggression anguckten. Dann setzte sie an zu einem vorläufig letzten Schlag.

„Sie sollten sich mal die Frage stellen, ob Sie sich auf unserem Gemeindefest überhaupt noch wohl fühlen können!"

Sprach's, griff nach ihrer Handtasche und ging. Die Bürotür fiel nicht gerade leise ins Schloss. Und die Pastorin und Frau Rückert sahen sich sprachlos an. Dabei übersah Frau Rückert nicht, dass Heike kurz davor war zu weinen.

„Möchten Sie einen Kaffee, Frau Osterweil?"

Nein, Heike mochte keinen Kaffee. Sie mochte auch nichts mehr sagen. Sie nickte der Sekretärin so gefasst wie möglich zu und ging.

*

Draußen, vor dem Gemeindehaus, blieb sie kurz stehen. Sie zitterte. Sehnte sich danach zu vergessen, was sie so tief getroffen hatte. Aber wie sollte sie das machen?

Unschlüssig ging sie in Richtung der Grünen Hölle. Normalerweise war es ihre Stärke, auch in schwierigen Situationen nicht den Kopf zu verlieren, sondern nachzudenken. Doch der Ausbruch, mit dem sie eben konfrontiert worden war, hatte sie überfordert. Intellektuell war sie den Vorwürfen Gerhild Rundes gewachsen, emotional jedoch nicht. Sie spürte eine maßlose Enttäuschung in sich, eine Leere, die sie hilflos machte. Glaubte, vor den Trümmern einer Arbeit zu stehen, die sie mit viel Energie und Überzeugung geleistet hatte. Fühlte sich betrogen. Falsch beurteilt. Weggeschmissen. Gut, dass Frau Rückert diesen Auftritt miterlebt hatte. Niemand würde ihr ja sonst glauben, was Frau Runde ihr ins Gesicht gesagt hatte. Aber war es überhaupt sinnvoll, sich dagegen zu wehren? Sollte sie nicht lieber den Mund halten und ihre Arbeit in St. Lukas aufgeben?

Heike sah, wie ein paar Kita-Kinder am Rande der Wiese zwischen den Büschen saßen und sich unterhielten. Manche hielten einen Stock in der Hand. Es sah so friedlich aus, wie ein ernstes, aber freundliches Palaver. Heike musste unwillkürlich lächeln.

Sie ging ein paar Schritte auf die Kinder zu, weil sie gern aufschnappen wollte, worüber sie sich unterhielten. Da blieb ihr Blick auf dem Weg vor ihr haften. An einer Stelle war etwas mit einem Stock in den Erdboden geritzt. Von einem der Kinder wahrscheinlich. Sie guckte genauer hin und stutzte. Nein, das konnte nicht von einem Kind stammen! Da stand ‚2. Mo', und danach kam noch etwas, das aber verwischt war und nicht mehr zu lesen. Wie ‚2. Mose', dachte sie, ‚aber so etwas ritzt hier doch keiner in den Boden.'

28

Etwa eine Woche später trat der Gemeinderat erneut zusammen, zum letzten Mal vor dem Gemeindefest. Noch immer war nicht durchgesickert, ob der Vorstand eine Verlegung der Trauung erreicht hatte. Und bis zum Fest waren es nur noch 11 Tage. Weder Herr Winter noch Frau Rückert noch die Pastorin hatten aber irgendetwas verlauten lassen. Kein Tönchen! Die Spannung war hoch. Alle Mitglieder des Rates waren erschienen, bis auf Frau Osterweil. „Sie bittet um Verständnis", entschuldigte sie Herr Winter, „aber es geht ihr nicht gut. Sie braucht Ruhe."

Niemand kommentierte das, nicht einmal Gerhild Runde.

„Nach dem, was in den letzten Tagen geschehen ist, habe ich dafür großes Verständnis."

„Wieso?" Per Anderstatt meldete sich zu Wort, wartete aber nicht ab, bis es ihm erteilt wurde. „Was ist denn passiert?"

Herr Winter guckte nach links und nach rechts, schaute jeden einzelnen an, als wolle er sich die

Erlaubnis holen zu sagen, was er nun zu sagen hatte.

„Vielleicht haben Sie von den Schmierereien gehört, die auf dem Gelände unserer Gemeinde aufgetaucht sind."

„Schmierereien?" Niemand, schien es, konnte damit etwas anfangen.

„Ja, leider", bestätigte der Vorstand, „irgendjemand hat sich in den letzten Tagen einen bösen Scherz erlaubt. Obwohl …. einen Scherz kann man das nicht mehr nennen. Frau Rückert, Sie haben alles gesammelt, wenn Sie bitte berichten wollen …"

Die Sekretärin schlug eine Mappe auf und fasste sachlich wie eine Nachrichtensprecherin zusammen, was sich ereignet hatte.

„Insgesamt dreimal hat jemand, den wir bisher nicht kennen - vielleicht sind es auch mehrere, das wissen wir nicht - einen kurzen Schriftzug auf dem Gelände unserer Gemeinde hinterlassen."

Man hätte eine Stecknadel fallen hören können.

„Das erste Mal war es Montag morgen, also vorgestern. Und zwar auf dem Schaukasten. Da stand dick und fett, mit einem roten Filzstift geschrieben: ,2. Mos. 20,14'. Herr Meiler hat das glücklicherweise schon sehr früh entdeckt und schnell entfernen können."

Hätte man Gedanken hörbar machen können, wäre

ein chaotisches, lautes Durcheinander zu vernehmen gewesen. So aber war es grabesstill; alle warteten darauf, dass Frau Rückert weiter sprach.

„Das zweite Mal war gestern. Wieder morgens. Auf den Steinplatten vor der Kirche. Diesmal mit roter Farbe."

„Wieder dasselbe?" Das war die leise Stimme von Ännchen.

„Ja, immer dasselbe", bestätigte Frau Rückert.

„Was genau?", fragte Per Anderstatt, „,2. Mose' … und dann?"

„,2. Mose 20,14'."

„Und, was steht da?"

„Das sind doch die Gebote, oder?" Ännchen hielt sich, erschrocken darüber, dass sie einfach so losgeplappert hatte, die Hand vor den Mund.

„Richtig!", warf Herr Rückert kurz ein.

„Herr Meiler hat auch diesen Schriftzug schnell entfernt."

Frau Rückert setzte ihren Bericht fort. „Und das dritte Mal war heute früh. Wieder in rot, diesmal aber gesprayt, und zwar an die Wand unseres Gemeindehauses. In Großbuchstaben! Wir haben sofort einen Reinigungsdienst kommen lassen, der es entfernt hat. Die Spuren kann man allerdings noch sehen."

„Danke, Frau Rückert!" Herr Winter schaute noch

einmal um sich, langsam und prüfend. „Sie wissen natürlich alle, was unter ‚2. Mos. 20,14' steht, nehme ich an …"

Alle guckten betreten zu Boden, bis auf Gerhild. Sie sah Herrn Winter an und zuckte mit den Schultern. „Was steht denn da?"

Der Vorstand wartete ein paar Sekunden. Und als er gerade antworten wollte, hörte man noch einmal die Stimme von Ännchen, so leise, dass man sie kaum verstehen konnte: „Du sollst nicht ehebrechen!"

Es dauerte eine ganze Weile, bis bei den meisten der Groschen gefallen war. Bis sie den Zusammenhang zwischen dem 6. Gebot und dem Thema, das die Gemeinde seit Wochen beschäftigte, hergestellt hatten. Dann allerdings war das Entsetzen groß. „Nein!", hörte man es von überallher, „das ist unglaublich! Das ist feige! Eine Sauerei!"

„Ja", sagte Herr Winter, „nun verstehen sie vielleicht, warum es Frau Osterweil nicht gut geht." Er nahm einen Schluck aus der Teetasse. „Und wie Frau Rückert schon sagte: wir wissen bisher nicht, wer dahinter steckt. Es muss aber jemand sein, der sich gut mit den Interna der Gemeinde auskennt."

Dem intensiven Hin-und-Her-Gerede, das jetzt eingesetzt hatte, ließ Herr Winter freien Lauf. Frau Rückert hatte ihre Mappe wieder geschlossen.

264

Ännchen saß, in sich zusammengesunken, auf ihrem Stuhl und starrte vor sich hin. Gerhild Runde suchte irgendetwas in ihrer Handtasche, sagte aber nichts.

„Meine Damen und Herren", begann der Vorstand schließlich von neuem, „ich habe ihnen noch mehr mitzuteilen. Vor den Sommerferien waren wir ja auseinandergegangen mit der Idee, einen Appell an die Pastorin zu richten. Sie möge, hatten wir gesagt, noch einmal mit dem Brautpaar reden und sie um eine Verschiebung der Trauung bitten oder, anders gesagt, sie nicht am Tag unseres Gemeindefestes vorzunehmen."

Überall um den Tisch herum gespanntes Kopfnicken.

„Frau Osterweil hat sich leider entschieden, unserem Appell nicht zu folgen. Sie möchte die Trauung vornehmen. Mit ausdrücklicher Bitte des Brautpaares."

Auch wenn manche damit gerechnet hatten: jetzt begannen von neuem die aufgeregten Gespräche der Ratsmitglieder untereinander. Jeder hatte etwas zu sagen. Und es dauerte lange, bis die Stimmen endlich leiser wurden und schließlich keine mehr zu hören war.

„Wer möchte etwas sagen?", fragte Herr Winter und blickte demonstrativ auf die Uhr. „Wir haben noch eine halbe Stunde. Ich möchte pünktlich abschließen heute." Dieser Satz war genauso auf fast jeder Sitzung zu hören; niemand nahm ihn mehr ernst.

Gerhild meldete sich zu Wort.

„Hat Frau Osterweil begründet, warum sie und das Brautpaar die Trauung ausgerechnet am Tag unseres Gemeindefestes vornehmen wollen? Für mich ist das eine echte Provokation." Sie legte eine Pause ein, um die Wirkung ihrer Bemerkung überprüfen zu können. Und aus dem Gemurmel, das rund um den Tisch herum entstand, konnte man auch Zustimmung heraushören.

„Hat noch jemand …"

„Moment!", unterbrach Gerhild den Vorstand, „ich bin noch nicht fertig." Sie hatte sich offenbar gut überlegt, was sie sagen wollte. „Wenn Frau Osterweil meint, die Trauung vornehmen zu müssen, heißt das doch noch lange nicht, dass es auch so kommen muss, oder? Wir als Gemeindevorstand sind ihr Arbeitgeber. Das heißt: wir sind weisungsbefugt. Und deshalb stelle ich hiermit den Antrag und bitte um sofortige Abstimmung, der Gemeindevorstand möge beschließen, den Gottesdienst am Tag des Gemeindefestes ohne Trauung zu feiern."

Herr Winter war nicht begeistert von diesem Antrag, musste ihm aber stattgeben. Die Abstimmung ergab eine knappe Mehrheit gegen den Antrag.

„Dann stelle ich den Antrag, dass der Gemeinderat beschließen möge das Gemeindefest auf einen zeitnahen Sonntag zu verschieben."

Gerhild ließ nicht locker. Und die meisten im Gemeinderat konnten sich ein Staunen nicht verkneifen. Denn die Art, in der sie diesmal versuchte ihr Ziel zu erreichen, war neu. Alle kannten sie als Ehrenamtliche, die sich für keine Aufgabe in der Gemeinde zu schade war. Wenn es irgendwo brannte, war sie da und half aus. Was das betraf, war Verlass auf sie. Doch wenn sie etwas durchsetzen wollte, hatte sie es bisher immer mit Flüsterpropaganda versucht. Hintenherum! Stänkernd, intrigierend, kryptische Andeutungen machend. Diesmal ging sie anders vor. Sie kämpfte, so erzählte es Herr Winter später seiner Frau, mit offenem Visier. Allerdings ohne Erfolg. Zwar brachte dieser zweite Antrag einige Mitglieder des Rates in Verlegenheit, weil sie wussten, dass eine Verschiebung des Gemeindefestes viel Arbeit bedeutet hätte. Und es war ja nicht mehr viel Zeit bis dahin. Die Einladungen waren längst verschickt. Die Aufgaben verteilt. Jeder hatte sich auf den Termin eingestellt. Es würde ein ziemliches Chaos geben. Und vor allem Nachfragen! ‚Warum?' Man würde vor manche Verlegenheit gestellt werden und Unangenehmes benennen müssen. Und so wurde schließlich auch dieser Antrag abgelehnt, obwohl damit einige gegen ihre Überzeugung nun doch den Weg frei machten für die Trauung am Tag des Gemeindefestes.

„Das wird uns nicht bekommen!", unkte Gerhild laut und deutlich. Es klang wie eine Drohung. Und als Herr Winter nichts mehr dazu zu sagen hatte, stattdessen wieder auf seine Uhr guckte und gleichzeitig darüber nachdachte, wie er diese Sitzung mit einem positiven Schlusswort doch noch einigermaßen versöhnlich beenden könnte, nahm Ännchen all ihren Mut zusammen und meldete sich zu Wort.

„Ich möchte etwas sagen."

Niemand kam auf die Idee, sich über diesen schlichten Satz zu amüsieren, obwohl er überflüssig war und hilflos klang. Im Gegenteil: alle erhofften sich von Ännchen so etwas wie eine Rettung des Abends. Jeder wusste, dass sie die Lauterkeit in Person war, und dass von ihr eigentlich nur Positives zu erwarten war. Selbst Gerhild hatte Respekt vor ihr.

„Ich finde, dass wir viel über die Gemeinde gesprochen haben. Wir haben überlegt, was für uns das Beste ist. Aber wir haben wieder einmal vergessen über Heike Osterweil nachzudenken. Es geht ihr nicht gut. Das darf uns doch nicht egal sein. Als Arbeitgeber, wie Gerhild Runde gesagt hat, sind wir auch zur

Fürsorge verpflichtet. Natürlich kann man darüber nachdenken, und das haben wir ja gemacht, wie es von außen wahrgenommen wird, wenn eine Pastorin sich von ihrer Familie trennt, weil sie einen anderen Mann gefunden hat. Aber ich finde, das ist wirklich ihre Privatsache. Wer will denn da den ersten Stein auf sie werfen?"

Eine so lange Rede hatte Ännchen noch nie gehalten. Aber sie war noch nicht fertig.

„Ich möchte einfach nur, dass wir ein schönes Gemeindefest feiern und das Problem nicht größer machen, als es ist. Und am liebsten wäre es mir, wenn wir Heike Osterweil und ihrer Familie in ihrer schwierigen Situation helfen könnten."

„Danke, Ännchen!" Per Anderstatt war erkennbar gerührt von dem, was sie gesagt hatte. „Nachdem wir uns als Gemeinde lange genug mit dieser Angelegenheit unnütz herumgeschlagen haben und uns gegenseitig fast an die Gurgel gegangen sind, sollten wir jetzt endlich Frieden schließen. Es gibt Wichtigeres als den privaten Konflikt einer Pastorin, so leid sie mir tut. Wenn sie Hilfe braucht, sollten wir ihr aber helfen anstatt es ihr noch schwerer zu machen. Und wer von Moral redet, der sollte seine eigene überprüfen."

Gerhild zuckte zusammen, hielt aber den Mund. Und Herr Winter war froh, dass Per Anderstatt ein so schönes Schlusswort gefunden hatte, wie er sagte.

„Lassen Sie uns also ein schönes Fest feiern!", beendete er die Sitzung. „Ich jedenfalls freue mich darauf!" Und im Wunsch, auch seinerseits noch etwas Aufbauendes zu sagen, gab er seiner Überzeugung Ausdruck, dass die Pastorin sich am Tag des Gemeindefestes bestimmt ‚kooperativ' verhalten würde.

29

„Kaiserwetter!", behauptete Herr Winter beim Frühstück, „heute kann nichts schiefgehen!"

Er strich reichlich Butter auf sein Buttercroissant, biss entschlossen hinein und strahlte seine Frau an. Verborgen in seinem Inneren sah es jedoch anders aus. Da traute er der eigenen Behauptung nicht ganz über den Weg, und so klang sie ein bisschen wie in den dunklen Keller hinein posaunt. Die Pastorin hatte ihm zwar versichert, dass sie die Hochzeit mit Freude feiern und gemeinsam mit Ännchen am Flügel auch feierlich gestalten würde, doch er hatte das Gefühl, dass sie in den letzten Tagen noch stiller geworden war. Ihre ansteckende Fröhlichkeit, mit der sie vor dieser leidigen Geschichte immer für gute Laune gesorgt hatte, schien nahezu verschwunden zu sein. Hatte sie etwa doch mitbekommen, dass es in der Woche vor dem Fest noch zweimal diese Schmierereien gegeben hatte? Eigentlich war das unwahrscheinlich, versuchte Herr Winter sich einzureden, denn er hatte den Küster beauftragt, jeden Morgen möglichst früh über das Gelände der Gemeinde und durch Kirche und Gemeindehaus zu gehen und nach dem Rechten zu sehen; noch zwei Mal war Herr Meiler dabei tatsächlich auf den Schriftzug ‚2. Mos. 20,14" gestoßen, hatte ihn jedoch schnell und einigermaßen problemlos entfernen können. Nach der Hochzeit würde das nicht mehr passieren, hoffte Herr Winter. Überhaupt setzte er auf die Zeit, die ‚alle Wunden heilen' würde, wie er jedem, der es wissen wollte, versicherte; bisher hatte er das Gemeinde-Schiff noch immer auf Kurs halten können, auch in schwerer See. Meistens. Wie gut jedenfalls, dass schon am frühen Morgen die Sonne so prächtig schien. Das war nicht nur die halbe Miete für das Gemeindefest, das ja zum großen Teil draußen auf dem Rasen inmitten der Grünen Hölle stattfinden sollte, sondern auch eine große Erleichterung für den Ablauf der Hochzeit. Für die Gäste, die sich vor dem Kirchenportal versammeln und das Brautpaar empfangen würden, und natürlich auch für Braut und Bräutigam. Regenschirme bei einer Hochzeit machten sich nie gut!

„Ich geh ein bisschen früher als sonst", sagte Herr Winter, als er vom Frühstückstisch aufstand, „wir sehen uns dann beim Gemeindefest."

*

Der Weg zur Kirche war nicht weit.

„Ich fahre euch", hatte Lisas Vater gesagt. Aber Lisa und Jan hatten das abgelehnt. „Wenn es gutes Wetter ist, gehen wir. Wir haben viel mehr davon, wenn wir jeden Schritt auf dem Weg zur Kirche genießen können."

Lisa trug ein dreiviertellanges Hochzeitskleid, in dem sie sich leicht bewegen und ohne Verrenkungen oder Schlimmeres gehen konnte. Als ihr Vater sie darin sah, empfand er Stolz, wie er später seiner Frau ,beichtete'. Aber es war mehr. Er hatte nur nicht den Mut zu sagen, dass er seine Tochter lieb hatte. Und plötzlich freute er sich wie ein Kind darauf, die Braut, die seine Tochter war, zum Altar zu führen.

Als das Brautpaar und Lisas Eltern sich der Kirche näherten, waren auf dem Platz davor ungewöhnlich viele Menschen versammelt; bei dem herrlichen Wetter wollte sich niemand zu früh in das kühle Kirchenschiff begeben. Außerdem warteten alle neugierig auf das Hochzeitspaar. Eine Frau in Lisas Alter, die abseits aller anderen allein gestanden hatte, rannte auf Lisa zu und fiel ihr um den Hals; es war die Freundin aus den USA. Jan, der bald seine Eltern entdeckt hatte, lief sofort zu ihnen. Ohne es sich bewusst zu machen, wollte er sich noch einmal wie ein kleiner Junge fühlen, wie das Kind seiner Eltern, bevor er eine eigene Familie gründete. Er ließ sich von seinem Vater auf die Schulter klopfen und von seiner Mutter umarmen und schämte sich keine Sekunde dafür, obwohl er wusste, dass ihn viele seiner Freunde und auch die von Lisa dabei beobachteten.

„Was machen die da?", fragte ihn Lisa leise, als er wieder bei ihr war. Sie starrte an ihm vorbei in Richtung Kirchenportal. Dort hatte eine Traube von Kirchgängern und Hochzeitsgästen einen Kreis um einen Mann herum gebildet, der irgendwie mit der schweren Holztür beschäftigt war. Er hatte einen Eimer neben sich stehen und wischte mit einem Tuch über das Holz.

„Kann ich nicht erkennen", sagte Jan, „ist ja auch egal."

Längst waren sie von etlichen Verwandten und Freunden umringt. Wie unvermeidlich in solchen Fällen, wurden Hochzeitskleid und Brautstrauß wortreich bewundert und gelobt. Und als ein guter Kollege von Jan auch noch eine jungenhaft verschmitzte Bemerkung über die Braut machte, die reif für die Titelseite eines Modemagazins sei, nahm Lieschens Gesicht eine so verführerische Färbung an, dass Jan sie stürmisch und fest an sich drückte. „Der Strauß!", schrie eine Freundin voller Entsetzen. Das klang so erschrocken und besorgt, passte aber so wenig zu der Situation, dass unvermittelt begeisterter Jubel einsetzte, der auf seinem Höhepunkt von Glockengeläut übertrumpft wurde.

Fast alle hatten sich zu diesem Zeitpunkt schon in die Kirche begeben. Nur das Grüppchen um das Brautpaar stand noch draußen in der Sonne, löste sich aber schnell auf und verschwand ebenfalls in der Kirche, als es die an der Tür demonstrativ wartende Pastorin bemerkte. Mit ihr zusammen schritt auch Jan durch den Mittelgang nach vorn, so dass nur noch Lisa und ihr Vater draußen warteten. Bis Orgelmusik einsetzte. Drinnen erhoben sich alle. Vorne, in den ersten Reihen, die Eltern, Verwandten und Freunde, dahinter die Mitglieder der Gemeinde. Alle verdrehten sich die Hälse und guckten gespannt zurück zum Eingang. Und als Lisa am Arm ihres Vaters dort erschien und die neugierigen und vor Freude strahlenden Gesichter wahrnahm, fühlte sie ihre Knie weich werden und klammerte sich fest an den Arm des Vaters.

Herr Winter, in seiner Rolle als Vorsitzender des Kirchengemeinderates, ließ es sich nicht nehmen, die Festgemeinde zu begrüßen. Er erwähnte das prachtvolle Wetter, das sich nur bei besonderen Hochzeiten und auch nur für St. Lukas bitten ließe, und streifte in einer launischen Rede - das konnte er! - die heimlichen Glanzpunkte der Gemeinde. Selbstverständlich, räumte er mit gespielter Scham ein, gäbe es wie überall und selbst in St. Lukas den ein- oder anderen Missklang. Aber an einem Tag wie heute sei das alles vergessen. Heute ginge es darum, ein junges, vielversprechendes Paar - Lisa schaute Jan an und Jan Lisa - in Gottes Obhut zu geben; er ließ sich kurz über dieses archaische, wie er meinte, aber von ihm persönlich so geliebte Wort, aus. Und er als Vorsitzender des Kirchengemeinderates freue sich ganz besonders darüber, dem alljährlich stattfindenden Gemeindefest damit ein besonderes Glanzlicht aufzusetzen.

„Dummes Geschwätz!", raunte Gerhild Inge ins Ohr. Die beiden saßen ziemlich weit vorne. „Der weiß doch gar nicht mehr, was er tut."

Dann setzte die Orgel wieder ein. Sie begann mit zarten, tastenden, suchenden Klängen, so dass die geübteren Kirchgänger sich nach einigen Takten verstohlen anguckten: was war das denn? Ein neues Lied? Sie suchten nach einem Text, den sie diesen Tönen zuordnen könnten, waren dabei aber wenig erfolgreich, während die Orgel immer lauter wurde, bis schließlich ein Sturm losbrach und sich daraus ein

276

Rhythmus hervor schälte, der den meisten irgendwie bekannt vorkam. Einige begannen ganz verstohlen im Sitzen zu tanzen, wiegten sich hin und her, bis plötzlich einer flüsterte: ‚Steppenwolf!' Und ein anderer: ‚Born to be wild!' Und während Ännchen mit ihren dünnen Armen einen Orkan aus der Orgel hervor lockte, der sich über allen Bänken austobte, sah man in manche ablehnende, aber in eine Vielzahl ungläubige, doch begeisterte Gesichter.

Gerhild beugte sich zu Inge hinüber, ihr Mund öffnete und schloss sich wieder, ohne etwas von sich gegeben zu haben. „Wie bitte?", fragte Inge. Aber Gerhild winkte unwirsch ab; es hatte selbst ihr die Sprache verschlagen.

Während der Lesungen und beim Kyrie war es unruhiger als sonst. Viele der Anwesenden hatten selten oder sogar noch nie einen Gottesdienst besucht und konnten nicht viel anfangen mit dem, was sie da hörten. Und als beim Glaubensbekenntnis einige wenige aufstanden, guckten die meisten anderen unsicher um sich, bis die Pastorin ihnen mit einer Handbewegung zu verstehen gab, sich ebenfalls zu erheben. Erst als Heike die paar Stufen zur Kanzel emporstieg und mit ihrer Predigt begann, wurde es stiller.

„Liebes Brautpaar", begann sie, „liebe Eltern,

Trauzeugen, Familien und Freunde, liebe Gemeinde!"

Besonders die Mitglieder des Gemeinderates sahen gespannt zur Kanzel hinauf. Kein Wort, keine Bewegung, keine Regung der Pastorin wollten sie sich entgehen lassen.

„So zieht nun an als die Auserwählten Gottes, als die Heiligen und Geliebten, herzliches Erbarmen, Freundlichkeit, Demut, Sanftmut, Geduld", las sie aus dem Brief des Paulus an die Kolosser, „und ertrage einer den andern und vergebt euch untereinander, wenn jemand Klage hat gegen den andern; wie der Herr euch vergeben hat, so vergebt auch ihr! Über alles aber zieht an die Liebe, die da ist das Band der Vollkommenheit."

Für viele, die da saßen, klang das wie eine Fremdsprache. Doch der Pastorin gelang es, diesen Text verständlich zu machen. Sie übersetzte ihn in einen Alltag, den alle kannten, weil sie ihn Tag für Tag selbst erfuhren. Buchstäblich am eigenen Leibe und in der eigenen Seele. Sie sprach von der Sehnsucht nach Harmonie, dem Wunsch nach Verständnis und Verstehen, die nur erfüllt werden, wenn jemand da ist, der das Ersehnte, das Gewünschte gibt. Sie sprach vom oftmals schmerzhaften Unterschied zwischen Theorie und Praxis. Davon, wie wunderbar und ersehnt Demut, Sanftmut und Geduld seien, doch wie schwer es sei sie auszuüben. Sie nannte Beispiele, über die man befreit lachen konnte, wenn man sie von außen als Unbeteiligter beobachtete, die einen jedoch zur Weißglut und weit über die Grenzen der eigenen Geduld hinausbringen könnten, wenn es um die eigene Person ging. Sie erzählte die Geschichte eines Paares, das sich immer wieder in die Haare geriet, weil der eine behauptete, etwas so und nicht anders gesagt zu haben, während die andere das in Abrede stellte. Oder umgekehrt. „Definitiv!" jedenfalls. Mit kabarettistischem Talent gelang es ihr, die Festgemeinde zum Lachen über die eigene Unvollkommenheit zu bringen. „Sie hätten die Rechnung der Therapeutin sehen sollen!", sagte sie in einem Ton, der die Summe beinahe sichtbar vor aller Augen aufblitzen ließ. Doch gerade rechtzeitig, bevor die amüsierte Stimmung in Ausgelassenheit umzukippen drohte, weil der Unterhaltungswert der Predigt ungewöhnlich hoch war, wurde die Pastorin plötzlich ernster, nachdenklicher. Sprach leiser, langsamer, eindringlich. Man konnte ahnen, dass sich eine dramatische Wende anbahnte. ‚Über alles aber zieht an die Liebe', das war jetzt ihr Thema. „Zieht euch an die Liebe, das heißt, sprecht mit Liebe, handelt mit Liebe, kritisiert sogar - aber mit Liebe. Denn die Liebe ist das Band der Vollkommenheit, das alle Probleme überwindet, indem es die Liebenden über die Klagen des Partners hinaus verbindet. Wie schwer es aber zuweilen sein könne, diese Art der Liebe auszuüben, obwohl man es von Herzen wolle! In welche Zerrissenheit man dabei gelangen könne, ohne sie sich oder dem Partner zu wünschen. Wie groß die Ausweglosigkeit sei, in die einen die Liebe führen könne.

Spätestens an dieser Stelle wurden manche Mitglieder der Gemeinde hellhörig. Sie begannen zu begreifen, dass die Pastorin auch von eigenen Erfahrungen, von sich selbst sprach. Auch andere, die nur wegen der Trauung gekommen waren, spürten, dass diese Predigt nicht nur Theorie war. Es herrschte eine so gespannte Stille in der Kirche, dass sich selbst die Kinder, die immer wieder für fröhliche Unruhe gesorgt hatten, von ihr anstecken ließen.

Und um wieviel schwerer es sei, fuhr die Pastorin fort, wenn man in dieser Ausweglosigkeit noch zusätzlich angegriffen werde. Etwa durch verletzende Bemerkungen oder intrigantes Gerede, die ohne Kenntnis der Wahrheit geführt würden und gegen die man sich nicht zur Wehr setzen könne, weil man selbst zu geschwächt sei.

An dieser Stelle machte sie eine Pause, die vielen übermäßig lang erschien. Ännchen, die sich auf dem Bänkchen vor ihrer Orgel umgedreht hatte und angespannt zuhörte, erschrak und sorgte sich, weil sie fürchtete, dass Heike von ihrer eigenen Geschichte überwältigt werden könnte. Aber die Pastorin fand wieder zurück zum roten Faden ihrer Predigt.

„Liebes Brautpaar", sagte sie, wobei man wahrnehmen konnte, dass sie sich selbst einen Anstoß gab, „das alles sage ich nicht, weil ich euch beunruhigen oder gar verunsichern will. Ganz im Gegenteil! Aber es ist die Wahrheit. Wenn ihr die Wahrheit achtet und pflegt, wenn ihr sie sucht und mit ihr lebt, ist eure Liebe auf ein stabiles Fundament gebaut. ‚Die Wahrheit wird euch frei machen', sagt Johannes. Sie ist das Beste, was ihr euch geben könnt, auch wenn sie in manchen Fällen zu Streit oder gar Tränen führt. Es gibt nichts Nachhaltigeres als die Wahrheit und die Liebe."

War es eben noch leise, ruhig unter den Gottesdienstbesuchern, so war es jetzt totenstill geworden in der Kirche. Jeder schien endgültig verstanden zu haben, dass diese Predigt kein ‚Konfektionsmodell' war. Und als die Pastorin die Kanzel verließ und zu ihrem Platz in der ersten Reihe zurückging, folgte ihr manch bewundernder Blick.

„Das ist die Höhe!", zischelte Gerhild.

„Wieso?", fragte Inge, ohne eine Antwort zu bekommen. Denn Ännchen hatte sich wieder an die

Orgel gesetzt und zu spielen begonnen. Bedächtig, jedem Ton viel Zeit gebend, nahm sie improvisierend das Motiv wieder auf, das sie auch vor der Predigt gespielt hatte: „Born to be free". Und ganz allmählich, kaum merklich, gelang ihr der Wechsel zum Lied Nr. 346: „Such, wer da will, ein ander Ziel". Als die Gemeinde zu singen begann, verfolgten auch die Stillen den Text des Liedes im Gesangbuch. Und manch einer entdeckte Parallelen zwischen Text und Predigt.

Die beiden „Ja, mit Gottes Hilfe!" in der darauf folgenden Trauzeremonie waren laut und klar zu hören. Und als Lisa und Jan von einigen Mutigen aufgefordert wurden, sich zu küssen, taten sie das zwar mit einiger Verlegenheit, aber doch so innig, dass lauter Applaus zu hören war.

Draußen, vor der Kirche, im gleißenden Sonnenlicht, wurden Blümchen gestreut. „Kaiserwetter", sagte Herr Winter gebetsmühlenähnlich, der in seiner Funktion als Honoratior Hände schütteln musste. Auf mehr ließ er sich nicht ein, denn seine Aufmerksamkeit war durch anderes in Anspruch genommen: er hielt Ausschau nach der Pastorin. Als er sie endlich entdeckt hatte, etwas abseits von allem Trubel, ging er zu ihr. Sie sah erschöpft aus, fand er, ganz anders als eben noch während der Trauung, so dass er erschrak.

„Sie kommen doch gleich zum Gemeindefest?", fragte er sie, „wär doch schön, wenn Sie auch ein paar Worte zur Begrüßung sagen."

Sie schaute ihn an wie durch ihn hindurch. Auf genauere Nachfrage meinte er später, dass sie mit einem Kopfnicken reagiert habe. Gesagt habe sie, soweit er sich erinnern könne, nichts.

30

Auf der Wiese in der Grünen Hölle waren überall Biertische und Bänke aufgestellt. Doch die meisten Gäste wollten sich noch nicht setzen; sie standen in Grüppchen herum, blinzelten in die Sonne und freuten sich über das Kaiserwetter. Viele von ihnen unterhielten sich engagiert über die Predigt. Das war ungewöhnlich!

Die größte Gruppe bildete die Hochzeitsgesellschaft, Lisa und Jan in der Mitte. Lisa mit dem Hochzeitsstrauß, der ‚dringend ins Wasser' musste, wie eine betagte Tante in regelmäßigen Abständen wiederholte, und Jan mit einer weißen Rose im Knopfloch. „Weiß, die Farbe der Mediziner!", hatte sein Oberarzt gesagt, als er ihm die Blume im Auftrag des Krankenhauses, in dem Jan arbeitete, ansteckte. „Das richtige Geschenk kommt später!"

Als Lisa Ännchen entdeckte, die etwas abseits allein stand, lief sie, alle anderen vergessend, zu ihr und umarmte sie. Ännchen war es peinlich. Aber als Lisa sie mit sich zu ihren Freundinnen zog und ihnen die Organistin vorstellte, die so furios auf der Orgel gespielt hatte, war sie glücklich. Sie war es nicht gewohnt, im Mittelpunkt zu stehen, aber in diesem Fall spürte sie, dass sie es zu Recht tat und konnte es genießen.

Mitten hinein in das Plaudern und Diskutieren knallten plötzlich drei Sektkorken. Das Geschwader! Es war den Damen gelungen, drei Flaschen beinahe gleichzeitig zu öffnen. „Das haben wir eine Woche lang jeden Tag geübt", erklärte Ilse, als sich das Gelächter etwas gelegt hatte - worauf es von neuem begann.

Ein wenig getrennt von den anderen standen Gerhild, Inge, Wolle und Per Anderstatt. Die fröhliche Ausgelassenheit, die überall sonst zu spüren war, schien sie nicht angesteckt zu haben. Lebendig ging es aber auch bei ihnen zu, beinahe heftig. Man stritt sich nämlich! Stein des Anstoßes war Gerhilds Behauptung, so eine Trauung habe sie noch nicht erlebt. Und sie sei schon bei sehr vielen dabei gewesen.

„Dass eine Pastorin die Predigt benutzt, um ihre eigenen Probleme abzuarbeiten, ist unglaublich!", begehrte sie auf, „und das auch noch am Tag des Gemeindefestes. Eine richtige Schweinerei ist das! Wenn ich die Braut gewesen wäre, wäre ich aufgestanden und gegangen."

„Na, na", ging Per Anderstatt dazwischen, „mir kam es so vor, als habe das Brautpaar sehr aufmerksam zugehört."

„Die waren starr vor Schreck!", konterte Gerhild.

„Und warum haben sie sich dann so überschwänglich bei Heike bedankt?" Per Anderstatt ließ sich keineswegs beeindrucken von Gerhild. Er erzählte, wie glücklich die Brautleute ausgesehen hatten, als ihnen die Pastorin beim Verlassen der Kirche gratuliert hatte. „Die Braut hat sie sogar umarmt!"

„Wo ist die Osterweil denn eigentlich?", fragte Wolle und sorgte damit bei Gerhild für ein hämisches, abschätziges Gesicht. „Von mir aus, wo der Pfeffer wächst", sagte sie verächtlich.

Dieselbe Frage stellten sich auch Frau Rückert und Herr Winter. Sie waren sich nicht ganz einig, wann sie mit dem offiziellen Teil des Festes beginnen sollten. Herr Winter sollte natürlich die Begrüßung vornehmen, aber er hätte es tatsächlich gern gesehen, wenn auch die Pastorin ein paar Worte gesprochen hätte. „Ich hab es ihr extra nochmal gesagt!", versicherte er. „Sie kommt bestimmt gleich. Sagen Sie, Frau Rückert", Herr Winter schaute sich um, weil er nicht wollte, dass irgendjemand hörte, was er von der Sekretärin wissen wollte, „hat Frau Osterweil eigentlich irgendetwas mitgekriegt von dem Vorfall heute morgen?"

„Von der Schmiererei an der Kirchentür? Glaub ich nicht. Herr Meiler hat es ja schnell weggewischt. War ja zum Glück nur Kreide."

Herr Winter ließ sich jedoch nicht ganz beruhigen. Er guckte immer öfter auf die Uhr und wurde zunehmend nervöser; viel länger konnte man nicht mehr warten! Er musste irgendetwas tun, dachte er, die Gäste konnten doch nicht länger einfach so herumstehen, ohne dass etwas passierte. Schließlich suchte er unauffällig die Nähe zum Brautpaar, wartete einen günstigen Moment ab und stellte Lisa die Frage, ob man auch ohne die Pastorin beginnen sollte.

„Aber sie wollte doch kommen?" Lisa hatte in all dem Trubel und überwältigt von unzähligen Glückwünschen und Umarmungen noch gar nicht bemerkt, dass Heike fehlte. „Hat sie denn irgendetwas zu Ihnen gesagt?"

Herr Winter konnte sich nur daran erinnern, dass sie, wie er glaube, auf seine entsprechende Frage danach mit dem Kopf genickt, aber nichts gesagt habe.

„Das geht doch nicht!" Lisa bat Jan, ihr sein Handy zu geben, das er immer, selbst heute, im Jackett stecken hatte.

Sie ging ein paar Meter zur Seite und wählte die

Nummer von Familie Osterweil, die sie im Kopf hatte. Herr Winter konnte beobachten, dass sie mit jemand sprach. Beziehungsweise, dass sie mehr zuhörte als sprach, lange zuhörte, bevor sie selbst etwas sagte, sehr kurz nur, und dann die Verbindung beendete.

„Ich habe mit ihrem Mann gesprochen. Sie fühlt sich nicht gut; er hat einen Arzt gerufen."

Lisa machte einen verunsicherten, besorgten Eindruck. Und als Herr Winter sie fragte, ob sie in diesem Fall nicht doch schon mit dem offiziellen Teil beginnen dürften, stimmte sie zögernd zu.

„Kann man mich hören?", fragte Herr Winter und klopfte mit seinem Zeigefinger ans Mikrofon. Er wartete ab, bis die meisten mitbekommen hatten, dass es endlich losgehen sollte und es ruhiger geworden war. Dann räusperte er sich noch einmal und begrüßte die Hochzeitsgesellschaft und die Festgemeinde mit launischen, schwungvollen Worten. Kern seiner Rede war auch diesmal das Kaiserwetter, das ihnen allen so günstig gesonnen sei. Und als er sich gerade anschickte, den Traugottesdienst im Besonderen und im Detail zu loben, vor allem das gekonnte Orgel-spiel und die mutige Predigt, über die man sicher lange diskutieren könne, entdeckte er plötzlich hinter all den anderen Herrn Osterweil, der versuchte, mit Handzeichen seine Aufmerksamkeit zu gewinnen.

Herr Winter schloss seine Begrüßung kurzerhand und etwas überraschend mit der Aufforderung ab, es sich schmecken zu lassen, nahm kaum noch den Applaus entgegen und ging, ohne auf den einen oder anderen Glückwunsch der Gäste zu reagieren, schnell hinüber zu Herrn Osterweil.

Die beiden Herren redeten lange miteinander, bevor Herr Winter sehr nachdenklich zurückkam und sich auf den ihm bestimmten Platz setzte. Auf die neugierigen Nachfragen, was er von dem Mann der Pastorin erfahren habe, antwortete er kurz und ausweichend, dass es der Pastorin nicht gut gehe. Das war aber nicht einmal die halbe Wahrheit.

Aus irgendeinem Grund, den man auch später nicht klar ausmachen konnte, sprach sich jedoch bald mehr herum. Überall standen Grüppchen von Leuten zusammen, die leise miteinander tuschelten. Man sah erschrockene Gesichter und manchen bestürzten Blick. Die Hochzeitsgäste, die Freunde und Verwandten von Lisa und Jan, von denen die meisten nichts über die Geschehnisse in der Lukas-Gemeinde wussten, waren irritiert; sie spürten, dass etwas Außergewöhnliches passiert sein musste. Und von den Gemeindemitgliedern und den anderen aus dem Stadtteil, die wegen des Festes gekommen waren, gingen immer mehr Blicke hinüber zu Gert

Winter. Man erwartete ein offizielles Wort von ihm, eine Erklärung, die über die entstehenden Gerüchte hinausging.

Schließlich trat er ans Mikrofon. Und schon bei seinen ersten Worten wurde klar, dass er diese Rede nicht vorbereitet hatte. Er kaute heftig auf einem Mango-,Gumsters' herum und stolperte von Satz zu Satz. Was er sagte, blieb in mancher Hinsicht kryptisch, und wer die Vorgeschichte nicht kannte, dem war es unmöglich, Zusammenhänge herzustellen. Doch der Tenor seiner Rede, das spürten alle, nahm bald den Charakter einer Rechtfertigung an. Der Kirchengemeinderat, sagte Herr Winter, habe sich die allergrößte Mühe gegeben, das unselige Geschehen in für die ganze Gemeinde verträgliche Bahnen zu lenken. Er sei mehrmals zusammengekommen, um nach einer Lösung zu suchen, mit der alle unmittelbar Beteiligten leben könnten.

Als er an diesem Punkt seiner Erklärung angekommen war, ließen sich ungeduldige Stimmen vernehmen, die endlich wissen wollten, was denn nun wirklich los sei. Ännchen, die mit einem Glas Saft in der Hand bei Per Anderstatt stand, warf einen Blick zu Gerhild hinüber, die sich ganz allein, auch Inge war nicht bei ihr, in die Nähe des Ausgangs zur Straße verzogen hatte.

„Ich habe", beteuerte Herr Winter, „noch nach dem Gottesdienst mit Frau Osterweil gesprochen, und sie hat mir persönlich versichert, dass sie zu dieser Feier kommen wollte. Mehr kann ich Ihnen nicht sagen."

Lisa wollte etwas dazwischen rufen, aber Jan hielt sie zurück.

„Und warum ist sie jetzt nicht da?", fragte an ihrer Stelle Per Anderstatt, laut und spürbar besorgt. „Ich will endlich wissen, was Ihnen Herr Osterweil mitgeteilt hat."

In diesem Augenblick bahnte sich Frau Rückert einen Weg durch die Menge der Gäste und flüsterte Herrn Winter etwas ins Ohr. Der Vorstand zögerte einen Augenblick, trat dann aber einen Schritt zurück und überließ Frau Rückert das Mikrofon.

„Ich muss Ihnen leider mitteilen", sagte sie, nachdem sie tief durchgeatmet und die richtigen Worte gesucht hatte, „dass Frau Osterweil einen Schwächeanfall erlitten hat. Sie befindet sich in ärztlicher Behandlung."

Ein erschrockenes, kaum unterdrücktes „Nein!" kam beinahe gleichzeitig von allen, die in der Grünen Hölle herumstanden oder an den Tischen saßen. Ännchen, bleich geworden, sah hilfesuchend Per Anderstatt an, bevor sie, aus welchem Grund auch immer, noch einmal hinüber schaute zum Ausgang.

Dahin, wo Gerhild stand. Ännchen hatte sie dort nicht mehr erwartet, aber doch: sie stand noch da. Ihrem Gesicht war anzusehen, dass sie nicht verstanden hatte, was Frau Rückert mitgeteilt hatte. Aber sie wollte es wissen. Langsam kam sie zurück zu den anderen, ging auf Ännchen und Per zu und fragte sie, was passiert sei. Kurz angebunden entgegnete die Kantorin:

„Heike hat einen Schwächeanfall erlitten!"

Gerhild zuckte kaum merklich zusammen.

„Und wo ist sie jetzt?"

Per Anderstatt konnte sich nicht mehr zurückhalten. „Wo der Pfeffer wächst, wo sonst?!", zischte er Gerhild an. Die plusterte sich auf und wollte im selben Ton antworten, wurde dann aber von einem auf den anderen Moment auch ganz blass, hielt die Luft an und suchte nach Worten. Ännchen, die später von vielen neugierig gefragt wurde, was Gerhild denn gesagt habe, antwortete immer dasselbe: dass sie den Eindruck hatte, es gar nicht mehr mit Gerhild zu tun zu haben. Sie habe ganz verstört und zugleich besorgt ausgesehen und immer wieder vor sich hin geredet, dass es ihr leid tue. Wirklich leid.

Weitere Bücher von Dietrich Schilling

Wer brennt, kann entzünden
Neue Wege zum Engagement mit dem Süden
(1996 Peter Hammer Verlag)

Warum Asien?
Eine Liebe in Geschichten
(2. Aufl. 2014 BoD)

Püppchen im Schlepptau
Eine Deutsche in Thailand
(Roman, 2014 Wiesenburg Verlag)

Der Baum steht schief
14 ungewöhnliche Weihnachtsgeschichten
(2015, BoD)

Schwarze Haare. Himbeerrot
12 Geschichten von Lust und Liebe
(2016, BoD)

Die Tochter des Wassermeisters
Ein Roman aus dem alten Kambodscha
(2017, Ostasien Verlag)

Der Fremde Alltag
Geschichten aus Kambodscha
(2019, BoD)

Der Raub der Himmlischen Tänzerin
Ein Krimi aus Kambodscha
(2019, BoD)

Ein Baum mit Charakter
14 neue, ungewöhnliche Weihnachtsgeschichten
(2020, BoD)

Weitere Infos und Bestellmöglichkeiten auf
www.dietrichschilling.de